갑상선암 투병일기

아빠투툼(appatutum)

http://daddytt.blog.me

문화기획과 콘텐츠 제작을 주로 하고 있는 롯데자이언츠의 팬이자 히어로 영화 매니아, 자유로운 여행자입니다.

발 행 | 2020-02-26

저 자 | 아빠투툼

펴낸이 | 한건희

펴낸곳 | 주식회사 부크크

출판사등록 | 2014.07.15(제2014-16호)

주 소 | 서울 금천구 가산디지털1로 119, A동 305호

전 화 | 1670 - 8316

이메일 | info@bookk.co.kr

ISBN | 979-11-272-9894-4

본 책은 브런치 POD 출판물입니다.

https://brunch.co.kr

www.bookk.co.kr

갑상선암 투병일기

아빠투툼 지음

2015년 04월 16일. 3개월여 만에 병원에 가는 날이다. 평소 저녁형 인간으로 살고 있는 바람에 내 기상시간은 점심 때가 다 되어서다. 하지만 오늘은 늑장을 부릴 수가 없다. 진료 예약이 15시로 되어 있지만 2시간 전에는 도착해서 채혈을 해야 하기 때문이다. 대학병원이라 주차장 입구에 차도 많이 밀리고 집에서도 약 25킬로미터를 달려야 하기 때문에 서둘러야 했다.

지난번에는 6개월 만에 병원을 갔는데 스케줄 메모를 안 해뒀더니 채혈하는 걸 잊고 진료시간에 맞춰서 병원에 갔다가 그때 채혈을 하고 3시간 이상을 기다렸다가 왔다. 매번 가는 병원이지만 병원에서 기다리는 시간은 너무 아깝고 지겹다.

병원에 도착하니 점심시간이라 밥 먹으러 나가는 사람들이 많다. 나는 거꾸로 병원 안으로 들어가서 채혈실로 갔다. 점심시간이라 비교적 한산한 채혈실에서 별로 기다리지 않고 채혈을 할 수 있었다. 세상에서 가장 싫은 주삿바늘. 이제 적응이 될 때도 되었건만 매번 너무 무섭다.

대한민국 암 발병률 1위 답게 갑상선암 환자가 급격히 증가를 하고 있다. 내가 다니는 병원에도 최근 '갑상선두부종양센터'가 신설되었다. 나는 '내분비내과', '외과', '핵의학과'를 거쳐 치료를 받았는데 이제는 갑상선 두부종양센터에서 갑상선암 치료의 전부를 관할한다. 그만큼 더 전문적인 치료를 하는 곳이다.

채혈을 하고 진료시간까지 약 2시간을 배회했다. 예약은 분명 오후 3시였는데 4시가 다 되어서야 진료실 앞에 내 이름이 떴다. 내 담당 교수님은

올 한 해 동안 미국에 연수를 가셨다. 그래서 다른 교수님이 올해만 대리 진료를 해주시고 계신다. 지난번에 '분화암'을 검사하는 수치가 기준치는 넘지 않지만 목표치보다 다소 높아서 매일 아침에 먹는 갑상선 호르몬제 용량을 높였다. 높인 약으로 수치가 얼마나 떨어졌는지 확인을 하기 위해 3개월 만에 다시 병원에 온 것이다. 수치가 안정적이면 보통 6개월에 한 번씩만 가면 된다.

이번에도 수치가 목표치까지는 내려가지 않았다고 한다. 고무적 인건 지난번보다는 낮게 측정이 되었다고 해서 한숨 돌렸다. 그리고 이번에도 호르몬제 용량을 '반 알' 올렸다. 그리고 약 4개월 뒤에 다시 검사를 하기로 하고 병원을 나왔다.

병원 앞 약국에서 4개월치 약을 지었다. 항상 병원에 왔다가 집에 돌아갈 때는 큰 비닐백으로 한가득 약을 받아서 돌아간다. 가끔 운동 삼아 대중교통을 이용해서 병원에 오가곤 했는데 너무 큰 약봉지를 들고 돌아다니니 사람들 시선이 신경 쓰여 이제 차를 가지고 간다.

지갑 속에 지폐 대신 약이 들어 있는 까닭

2013년 추석을 며칠 앞둔 어느 날. 건강검진에서 난생 처음으로 목에 초음파 검사를 했다. 그렇게 발견된 '갑상선암'. 그렇게 나는 건강보험공단에 '중증환자'로 등록되었다. 그로 인해 나는 죽는 그날까지 매일 아침에 눈을 뜨면 약을 먹어야 한다.

멀리 여행이라도 가게 되거나 피치 못할 사유로 외박이라도 하게 될 걸 대비해 지갑 속에 지폐 대신 약이 들어 있기도 한다. 체력도 예전만 못해 체중이 평소보다 조금만 더 늘어나면 쉽게 피로해진다. 앞으로 완치 판정을 받기까지는 3년 6개월이라는 시간이 더 지나야 한다. 그리고 암 경험자들에게 발병률이 더 높은 2차암까지도 신경을 쓰고 살아야 한다.

여러 불편함이 생겼지만 1년 6개월이 훌쩍 지난 지금 되돌아보면 갑상선암이라는 그 병이 나를 힘들게 했지만 힘든 만큼의 보상도 해주었다고 생각한다. '나'를 찾게 해주었고 세상을 아름답고 긍정적으로 볼 수 있도록 만들어 주었다. 그로 인해 내 꿈을 찾아갈 수 있는 '용기'도 주었고 나의 진정한 '가족'도 주었다.

내가 그 병을 앓기 전에는 몰랐던 세상도 알게 되었다. 나와 같은 병과 싸우고 있는 수많은 사람들. 그 속에 담긴 두려움, 슬픔, 용기와 희망. 그들과 나는 '블로그'라는 매체를 통해 만났고 서로가 서로에게 위로의 말을 전하며 가족들조차도 공감할 수 없는 그 이야기에 울고 웃었다.

길다면 길고 짧다면 짧은 1년 6개월여의 시간 동안 내가 만난 많은 사람들과 울고 웃었던 이야기들. '대한민국 평균'이라 생각했던 직장인의 모습에서 내 꿈을 찾아 세상 밖으로 뛰쳐나온 나의 이야기들을 세상에 꺼내 놓으려고 한다.

CONTENT

7

림프절 전이... 놀랍게도 담담했다

건강 안 챙기던 나, 암 수술 후 모든 게 달라졌다

병원으로 '약 쇼핑'을 다녀오다

소중한 사람이 있다면 마음을 표현하세요

4장 – 나를 더 힘들게 하는 것들

갑상선암 치료 복병이 먹는 것일 줄이야

어머니의 요리는 '정성'이자 '사랑'이었다

격리 병실 안을 가득 채운 내 심장 소리

한 해 마지막 날, 독방에 갇혀 죽과 생수로 버티다

갑상선암은 암도 아니다? 안 걸려 본 사람은 몰라

5장 – 조금씩 변화되는 나의 인생

갑상선암 치료 후유증, 3개월이 지나니 달라졌다

암으로 고통받은 3개월, 나만의 음반을 내다

내가 눈치 안 보고 '칼퇴'할 수 있었던 이유

아는 게 독... 병원 가는 발걸음이 무거웠다

여름 휴가를 짬뽕과 함께 시작한 이유

"혈액 수치 정상입니다" 차 안에서 소리를 질렀다

그토록 듣고 싶었던 말...

정기검진 이상무, 완치 '희망'이 생겨났다

6장 – 닭의 목을 비틀어도 새벽은 온다

'죽음의 공포'가 만들어준 나의 두 번째 인생

암보험 혜택 좀 보나 했더니... 보험 사기 의심?

최고 '23년'만에 재발한 환자도 있습니다

갑상선 암덩이를 주고 내가 얻은 것

암에 걸린 뒤에야 나만의 시간을 갖게 됐다

초음파 검사, 내 목 안에 '달 표면'이...

'시간'은 점점 나를 무뎌지게 만들었다

혈액검사 결과표 본 의사의 말, 가슴이 '철렁'

혈액검사도, 초음파검사도 모두 정상

5년간의 분투, 드디어 '완치'를 눈 앞에 두다

찌르고 또 찔러도 주사가 싫었는데...

에필로그 – 암~ 난 행복하지!

건강검진 후 내게 남은 건...

'CD'와 '굳은 얼굴'

산업안전보건법 제43조 1항에는 "사업주는 근로자의 건강을 보호, 유지하기 위해 고용노동부 장관이 지정하는 기관 또는 국민건강보험법에 따른 건강검진을 하는 기관에서 근로자에 대한 건강진단을 하여야 한다"고 명시되어 있다. 직장인들의 건강검진은 선택이 아닌 '필수'다.

건강검진이 필수라고는 하지만 건강검진의 범위와 항목까지는 정해져 있지 않다. 나는 2000년 8월부터 2015년 02월까지 약 15년간 직장생활을 했는데 그만큼 건강검진도 많이 했다. 하지만 직장에 따라 검진항목이 달랐다. 회사의 규모에 따라 복리후생 예산이 다르게 편성되므로 중소기업은 적은 예산으로 가장 기본적인 검사만 하는 곳이 많다. 반면 대기업은 비교적 세부적인 검사까지도 회사에서 지원해주는 게 보통이다.

2000년부터 약 7년간을 중소기업에 근무를 하다가 대기업에 취직했나. 대기업 입사 후 처음 건강검진을 하던 날. 지금까지 내가 받았던 건강검진과는 차원이 다른 검사항목에 놀랐던 기억이 난다.매년 가을이 되면 건강검진 시기가 돌아왔다.

우리 회사는 'K'건강검진센터와 계약이 되어 있었고, 전국에 있는 사업장 근무자들이 가까운 K센터에서 검진을 받았다. 부산과 경남 근무자들은 부산에 있는 K센터에서 검진을 받았다. 당시 창원에 근무를 하던 나는 검진을 받으러 가면 점심 먹고 오후가 되어서야 사무실에 복귀를 할 수 있었다. 그래서 검진하는 날은 학교 다닐 때 '소풍'가는 기분이었다.

건강검진을 하러 가면 '문진표'를 먼저 작성한다. 평소 앓고 있는 질환이나 생활습관에 대한 사전 설문이다. '술, 담배는 얼마나 하는지?' '운동은 얼마나 하는지?' 등에 대해 묻는데 대부분의 직장인들은 이 설문에서 '좋은 점수'를 받기 힘들 것이다. 나 역시도 고등학교 때부터 피워온 담배를 15년 넘게 피우고 있었고, 일주일에 3번 이상은 술자리를 가졌으며, 사무실에서는 커피를 입에 달고 살고, 운동은 일주일 내내 한 번도 하지 않았다.

몸이 망가지고 있다는 걸 뻔히 알고 있으면서도, '아직은 젊다'는 생각과 '남의 돈 벌어 먹는 게 쉽나'하는 생각을 핑계 삼아 나를 더 혹사시키면서 살아 왔다.

갑상선암 증가, 전 사원 갑상선 초음파 검사 시행

2013년. 최근 갑상선암 환자가 증가하고 있고, 사내에서도 갑상선암에 걸린 사우들이 생기고 있다고 한다. 그래서 올해 건강검진에서는 '갑상선 초음파 검사'가 선택이 아닌 '필수' 검사가 되었다. 그렇지 않아도 한 번도 검사받아본 적 없었기에 '올해 선택검진은 갑상선으로 해볼까' 하던 차였다. 그런데 필수라니, 어쨌든 그해, 나는 갑상선 검사를 무조건 받을 운명이었나 보다.

나는 지금까지 '갑상선'이라는 장기가 우리 몸 어디에 붙어 있는지도 모르고 살았다. 가끔 주변 노인분들 중에 '갑상선암'으로 치료를 받고 있다는 이야기를 들은 게 다. 대충 목 부근이라는 것만 알 뿐이었다. 그렇게 아무것도 모른 채 초음파 검사실로 들어가서 침대에 누웠다.

침대에 누워 목을 뒤로 젖힌 채 검사를 기다렸다. 그런데 검사원분께서 내게 '평소에 목에 뭔가 걸리는 느낌이나 쉰 목소리가 나지 않느냐'고 물었다. 평소에 그런 증상은 전혀 없었는데 이런 질문을 받았다는 것 자체가 이상했다. 아니나 다를까. 초음파 검사기기는 내 오른쪽 목 아래만 계속 맴돌며 사진을 찍고 있었다.

검사실을 나오는데, 검사원께서 검사실 밖까지 따라 나왔다. 그리고는 꼭 영상자료 CD 받아서 병원에서 추가 검사를 받아보라고 했다. 나는 내심 '그래도 크게 걱정할 건 아니다'라는 말을 듣고 싶었는데, 끝내 그런 말은 들을 수 없었다.

건강검진이 끝나고 K센터 입구에 있는 재떨이 앞에 같이 간 동료들이 다 모여 있었다. 동료들은 언제나처럼 함께 담배를 피우면서 수다를 떨고 있었다. 내 손에 들려 있는 영상물 CD와 굳은 내 표정을 보면서 동료들은 "괜찮을 거야"라며 위로했다. 자기도 갑상선 결절이 있어서 매년 추적검사를 받고 있다며, 갑상선 결절의 90%는 양성결절이라서 괜찮다고 말한다. 하지만 내 귀에는 아무 말도 들리지 않았다. 추석 연휴를 약 2주 앞둔 2013년 9월 12일. 내 갑상선암 투병기는 그렇게 시작되었다.

'암일지도 몰라'...

답답함만 쌓인 2주

건강검진을 마치고 사무실로 복귀했다. 밀린 업무를 해야 하는데 머릿속엔 건강검진에서 발견된 '갑상선 결절'밖에는 생각이 나질 않았다. 명하니 시간을 보내다가 인터넷 검색을 통해 얼마나 심각한 건지 알아보기 시작했다. 심각한 건지 알아봤다기보다는 어떻게 해서든 '괜찮다'라는 확신을 가지고 싶었던 것 같다.

인터넷을 검색하면서 며칠을 보냈다. 나보다 건강검진을 늦게 받은 사람들이 사무실에 들어왔는데 나처럼 갑상선에서 결절이 발견되었다는 사람이 2명이나 더 있었다. 당시 우리 부서 인원은 약 13명이 되었는데 그 중에 나를 포함해 총 3명이 갑상선에 결절이 발견된 것이다. 나처럼 결절의 크기가 크지 않고 아주 작은 크기이긴 하지만 역시 나처럼 CD를 손에 들고 사무실로 들어오긴 마찬가지였다.

인터넷 신문기사를 보니 갑상선 결절은 인구 100명당 5~9명이 넘는다는 통계가 있을 정도로 상당히 흔한 질병이라고 한다. 우리 부서에만 해도 3명이 갑상선에 결절이 있다고 했고, 나와 같은 날 검진을 받은 옆 부서 동료도 작년에 갑상선에서 결절을 발견하곤 2년째 추적검사 중이라고 했다. 이처럼 흔한 질병이라고 하니 조금은 안심이 되었다.

갑상선 결절 중 '악성종양(암)'일 확률은 적게는 4%에서 많게는 10% 내외라고 한다. 대한민국 인구 100명당 10명이 갑상선에 결절을 가지고 있고 결절을 가진 10명 중에 1명이 '악성(암)'이라는 이야기다. 다시 말해 인구 100명당 1명 정도가 갑상선암이 걸린다는 말이다. 확률로는 1%. 설마 내가 그 1%일 거라고는 생각하지 않았다. 단지 결절의 크기가 크기 때

문에 어떻게 치료를 받아야 하는 건지 몰라 계속 검색을 통해 정보를 얻어
나갔다.

집과 회사에서 가까운 곳에서 치료를 받을 수 있는 병원이 있는지 열심
히 검색을 했다. 그러다 김해 ○병원에 갑상선 결절을 제거하는 '고주파
열치료기(RFA, Radio Frequency Ablation)'가 도입되었다는 신문기사
를 보았다. 1cm가 넘는 결절도 여러 차례 나누어 치료를 받으면 수술을
받지 않고도 치료가 된다고 한다. 반가운 마음에 그 병원으로 갔다.

나를 위로해줄 거라곤 '담배'뿐

○병원 외과에서 진료를 받았다. 검진센터에서 가져간 CD를 건네주니
악성일지 모른다며 '세포흡인 검사'를 하자고 했다. 세포흡인 검사는 주사
기를 갑상선 결절에 꽂아 샘플을 채취하여 임상병리 검사를 통해 양상과
악성을 검사하는 것이다.

평소 엉덩이에 주사 맞는 것도 싫어하고 검진에서 피 검사를 할 때도 주
삿바늘이 내 혈관에 들어가는 걸 보지 못해 고개를 돌리는 나인데 목에 주
삿바늘을 꽂는다고 하니 무서워지기 시작했다. 그런데 내 예상과는 달리
주삿바늘이 들어갈 주변 피부에 마취를 하고 진행을 해서 그런지 생각보
다 수월하게 샘플 채취가 끝이 났다.

임상병리 검사 결과가 나오는 데는 일주일이 걸린다고 한다. 하지만 다음 주가 추석 연휴라 2주를 기다려야 한단다. 명절 앞두고 내가 '암'일지도 모른다는 생각으로 검사를 받고 있자니 서글픈 마음이 들었다.

검사 결과를 기다리는 약 2주간의 시간이 너무 괴로웠다. 평소 병원 가는 걸 싫어하는지라 웬만큼 아파서는 절대 병원 문턱을 넘지 않고 살았는데 그런 내가 암일지도 모른다니. 만약 내가 진짜 암이라면 어떻게 해야 하는 건지. 마음 쓰이는 일이 한두 가지가 아니었다.

나는 70대가 훌쩍 넘어버린 노모와 둘이 살고 있다. 내가 암에 걸려 병원에 입원을 했을 때 어머니가 받을 충격을 생각하니 그마저도 내게는 스트레스가 되고 있었다. 그리고 지금 다니고 있는 직장은 어떻게 되는 건지. 조금만 더 있으면 연말이라 고과 평기 시즌이 되는데 아파시 자리를 비우게 되면 지금껏 열심히 달려온 내 1년을 망쳐버리게 될지도 모른다. 안 그래도 입사가 꼬여서 남들보다 진도가 느린 이 상황에서 잠시도 쉬어갈 수 없는 상황인데 이런 일이 닥치니 더욱 당황스러웠다.

머릿속이 너무 복잡하고 가슴이 답답했다. 일은 손에 안 잡히고 무엇을 어떻게 해나가야 할지를 몰랐다. 아직 확실하지도 않는데 괜히 가족들 걱정할까 봐 말도 못하고 혼자 답답함만 쌓여갔다. 이런 위급한 상황에서도 답답한 마음을 위로할 것이 내 손에 들려 있는 '담배'뿐이라는 사실에 난 더 괴로웠다.

검사 2주 뒤 마주한 의사의 첫 마디

"암이네요"

내가 갑상선암에 걸려 투병을 시작한 그 해에 나는 캠핑에 푹 빠져 살고 있었다. 정신없는 일주일을 보내고 매주 금요일 밤이면 어김없이 짐을 챙겨 밀양으로 캠핑을 떠났다. 산 속에 있는 캠핑장에 텐트를 쳐놓고 맛있는 음식을 먹으며 여유로운 시간을 보내고 있으면 세상의 모든 스트레스가 다 달아나 버리는 것 같았기 때문이다. 물론 캠핑을 끝내고 집으로 돌아오는 일요일 오후가 되면 또 일주일을 버텨 내야 한다는 생각에 지옥으로 돌아오는 것만 같았다.

10년이 훨씬 넘도록 직장생활을 해왔지만 그때처럼 출근하기 싫다고 생각한 적이 없었던 것 같다. 원래 스트레스를 잘 받는 성격이지만, 그래도 뒤끝 없이 금세 잘 풀리는 성격인지라 가슴에 응어리가 지는 성격은 아니다. 그런데 새로운 부서로 옮겨 적응하던 그 해는 정말 힘이 들었다. 세포흡인 검사로 조직검사 결과가 나오길 기다리는 2주. 추석 연휴가 되었는데 집에 있으려니 너무 답답했다. 그나마 내 마음이 평온해지는 캠핑장으로 떠나야겠다고 마음을 먹고 짐을 꾸렸다.

주말마다 캠핑을 온 사람들로 북적거리던 캠핑장도 명절이라 그런지 한산했다. 나와 같은 생각으로 캠핑을 온 몇 팀만이 텐트를 치고 한산한 캠핑장을 지키고 있었다. 바로 얼마 전까지만 해도 더워서 사무실에 에어컨을 켜 놓고 살았는데 건강검진을 받고 정신없이 보낸 2주 동안 가을은 어느덧 가까이에 와 있었다.

캠핑장의 밤하늘은 깨끗했다. 평소 하늘을 올려다 볼 여유도 없이 살아오던 내 인생인데 이런 일이 생기고 나서야 최근 들어 하늘을 볼 일이 많아졌다. 사무실 계단에서 담배연기 내뿜으면서 바라보던 푸른 하늘과 이렇게 보름달과 수많은 별들이 반짝이는 캠핑장의 밤하늘은 어찌할 줄 모르는 나의 마음을 조금은 편안하게 해주는 것 같았기 때문이다.

한가위는 보름달을 보면서 소원을 비는 날이다. 평소 어머니가 꿈자리가 뒤숭숭해서 조심하라고 하거나 절에서 쓴 부적이라며 내 지갑에 꽂아줄 때마다 나는 그런 미신 따위 믿지 말라며 어머니께 소리를 지르곤 했다. 그런 내가 누구에게도 말할 수 없는 답답한 마음을 가지고 내 머리 위에 뜬 한가위 보름달을 마주하니 간절한 마음이 생기기 시작했다. 어느새 난 두손을 모으고 기도했다.

"저는 하나님도 부처님도 믿지 않습니다. 찢어지게 가난한 집에서 태어나 세상에 믿을 거라곤 내 능력밖에는 없을 거라고 이 악물고 살아왔는데 이번에야 말로 제 힘으로 어찌 할 수 없는 일이 벌어지려고 합니다. 하나님이든 부처님이든 신이 있다면 이번 한 번만. 제발 아무 일 없게 해주세요. 지금까지 돌보지 않고 막대하며 살아온 내 몸에게 앞으로 더 잘할게요. 제발 이번 한 번만 제 소원을 들어주세요."

그렇게 간절한 마음으로 추석 연휴를 보내고 드디어 조직검사 결과가 나왔다고 병원에서 연락이 왔다. 검사 결과는 본인이 직접 와야 알려준단다. 보름달에게 소원을 빌 때보다 더 간절한 마음으로 병원으로 갔다. 길게만 느껴지던 대기시간이 끝나고 진료실로 들어가 세포흡인 검사를 했던 외과 의사 옆에 앉았다. 의사는 모니터에 뜬 알아볼 수 없는 암호와 같은 결과서를 보면서 목소리에 조금의 흔들림도 없이 나에게 이야기했다.

"암이네요."

그렇게도 간절히 기도했건만 보름달은 내 인생 첫 번째 소원을 들어주지 않았다.

두 번의 암 선고...

그제서야 실감이 났다

나와 눈도 마주치지 않고 담담하게 내가 '암'이라고 말하는 의사. 그 말을 듣고 어떻게 해야 할지를 몰랐다. 아니 실감이 전혀 나지 않았고 내가 암이라는 게 믿어지지 않았다. 조직검사를 하고 암 진단이 나왔음에도 내 마음은 무언가 다른 말을 기대하고 있었다. 그 잠시 동안 머릿속엔 수만 가지 생각들이 났지만 시간은 애석하게도 멈추지 않고 계속 흘렀고 의사는 나에게 계속 말을 이어갔다.

"수술을 하셔야겠네요. 어떻게? 수술을 여기서 하시겠어요? 아니면 다른 병원으로 가실래요?"

암 수술이다 보니 의사는 나에게 큰 병원에 가서 수술을 받을 건지 묻고 있었다. 하지만 나는 당장 아무런 대답도 할 수 없었다. 내가 암이라는 사실을 받아들이지도 못했고 치료를 받기 위해 준비된 게 아무것도 없었기 때문이다. 일단 생각을 좀 해본다고 하고 병원을 나왔다.

내가 암이라니. 대체 이제 어떻게 해야 하는 걸까? 어머니께는 뭐라고 말씀드릴까? 그리고 회사는 어떻게 해야 하는 거지? 치료받으려면 돈도 많이 들 텐데 어쩌나…. 머릿속은 자꾸 복잡해져만 갔다.

사무실에 도착하니 동료들이 다가와 결과가 어떠냐고 내게 물었다. 실감은 나질 않지만 내가 암이라는 사실을 알렸다. 역시나 다들 놀랐고 나에게 뭐라고 위로를 해야 할지 몰라 당황하는 눈치였다. 잠시 침묵의 시간이

흐른 뒤 팀장이 내게 말했다. 큰 병원에서 더 자세히 검사해봐야 하는 거 아니냐고. 그 말을 듣고 나니 내가 암이 아닐 수도 있다는 생각이 들었다. 내가 조직검사를 받은 김해 O병원에서 잘못 안 걸 거라고. 큰 병원에서 다시 검사하면 양성결절로 나올 수 있을 것만 같았다. 하지만 그건 정말 무의미한 기대였다.

갑상선 치료를 잘하는 병원을 찾아보기 시작했다. 그러던 중 동료 한 명이 '갑상선암 수술 많이 하는 병원 TOP 10' 리스트를, 어떻게 찾았는지 내게 보내주었다. 대부분이 서울과 경기도에 집중돼 있었고 부산에 있는 대학병원 세 곳이 열 개 병원 안에 포함돼 있었다.

세 개 병원 중에 순위가 가장 높은 병원은 몇 년 전 큰외삼촌이 폐암 투병을 하시다가 마지막을 보내신 곳이라 차마 갈 수 없었다. 그 다음 순위에 있는 병원이 그나마 우리 집에서 대중교통을 이용해서 다니기가 가까운 곳이라 그 병원을 선택했다. 그 병원은 내가 태어난 고향이기도 했다.

"수술을 여기서 하시겠어요? 아니면 다른 병원으로 가실래요?"

처음 갑상선 결절을 발견하고 내가 암일지도 모른다고 생각했을 때 어떤 병원에서 수술을 받아야 하나 잠시 생각했다. 70대가 훌쩍 넘은 노모가 아들이 입원한 병원에 계속 들락날락할 것이 뻔한데 집에서 대중교통으로 왔다 갔다 하기 좋은 거리여야 할 것 같다는 생각에서다. 그런데 동료들은 그래도 암 수술하는 건데 큰 병원에서 제대로 받아야 한다고 말했다.

조직검사를 하고 암 진단을 내린 김해 O병원에서 수술을 받으면 어머니가 왔다 갔다 하기 편하실 테니까 그냥 거기서 수술받을까 고민하고 있었는데 동료들의 말을 듣고 나니 덜컥 겁이 났다. 그리고 그 병원 의사가 자신 있게 '여기서 수술하자'라고 말하지 않고 다른 병원에서 수술할 건지 물은 게 괜히 더 불안했다.

이런저런 사유들로 부산에 있는 내 고향 병원인 O대학병원 내분비내과에 진료예약을 했다. 대학병원에서 진료를 받으려면 소규모 병원에서 발부받은 '진료의뢰서'가 있어야 한다. 검진센터에서 CD와 함께 발부받은 진료의뢰서를 김해 O병원에 내비렸기 때문에 나는 김해 O병원에서 다시 진료의뢰서를 발부받았다.

부산 O대학병원 내분비내과에서 갑상선을 잘 보는 의사라고 유명한 O교수에게 진료의뢰서를 보여주고 진료를 받았다. 세포흡인 검사 결과 암 진단을 받았다고, 검사 결과가 잘못됐을 확률에 대해 물었다. 하지만 애석하게도 그럴 확률은 거의 없다고 한다. 임상병리사가 시료를 착각해서 바뀌지 않는 이상 90% 이상 신뢰해야 된다고 했다. 그렇게 진료실에서 나와 다시 초음파 검사와 세포흡인 검사를 받았고 주사기를 꽂은 김에 시료채취를 좀 더 해서 암의 종류를 알 수 있는 '유전자 검사'까지 함께 진행하기로 했다.

약 2주 만에 목에 초음파기기를 세 번을 갖다 댔고 주삿바늘을 두 번 찔렸다. 몸서리치게 싫어하던 병원을 내 집 드나들듯이 하고 있다. 너무 괴로웠다. 특히 대학병원에 오니 너무 많은 환자들이 몰려 있었고 그들 사이에 섞여 있는 내 자신이 더 아플 것만 같다는 생각이 들었다.

대학병원 역시나 세포흡인 검사를 통한 임상병리 검사에는 일주일이 걸린다고 했다. 일주일이 지난 2013년 10월 4일, 다시 한 번 암 선고를 받았다. 두 번에 걸쳐 '당신은 암입니다'라고 듣고 나니 그제야 실감이 나기 시작했다. 그리고 이 날, 나는 건강보험공단에 '중증환자'로 등록됐다. 그렇게 이제 진짜 암환자가 되었다.

공포의 CT 조영제 부작용...

뛰쳐나가고만 싶었다

2013년 10월 4일 내분비내과에서 조직검사 결과 '갑상선유두암' 판정을 받았다. 종양의 크기는 약 3.4cm. 근래에 보기 힘들 만큼 종양의 크기가 크다고 한다. 의사는 수술하면 괜찮아질 거라며 나에게 가벼운 위로의 말을 전했지만 이제서야 덜컥 겁이 났다. 사실 이전까지 걱정은 했지만 '실감'이 나질 않았었는데 오늘에서야 실감이 나기 시작했고 겁이 나기 시작했다.

"갑상선은 알다시피 목에 있기 때문에 나중에라도 술은 어느 정도 마셔도 괜찮지만 담배는 정말 해로우니 피우지 마세요."

열일곱 고등학교 시절부터 피워온 담배를 서른둘 암 선고를 받던 이날이 돼서야 끊었다. 나처럼 금연에 동기가 확실한 사람이 또 있을까? 금연한 뒤 검사받고 수술받고 정신이 없어서 그런지 난 한 번의 금단증상도 없이 현재 2년째 금연 중이다. 그렇게 참기 힘들다는 술자리에서도 담배 피우고 싶다는 생각은 들지 않는다. 갑상선암을 경험하면서 생긴 나의 첫 번째 행복이 바로 이 금연이다.

진단서를 발급받으면서 건강보험공단에 '중증환자' 등록을 했다. '큰 병' 걸린 사람들의 병원비 부담을 줄여주기 위한 제도로, 일반 환자들보다 본인부담금이 훨씬 적다. 분명 큰 도움이 되긴 하지만 제도가 많이 개선돼야 할 필요도 있다. 큰 병에 걸리면 주로 대학병원에서 진료를 받는 게 대부분인데 대학병원 영수증을 보면 '비급여' 항목이 많다. 그 항목들에 대한 비용은 모두 '중증환자' 적용대상 제외다. 배보다 배꼽이 더 큰 꼴. 하지만 이 마저도 없었다면 병원비가 더 큰 짐이 됐을 것은 분명하다.며칠 뒤 수술을 받아야 하기 때문에 '외과'로 옮겨 진료를 받았다. 10월 8일이 외과 첫 진료였고 같은 달 22일 수술을 받았다. 첫 진료를 받은 8일부터 수술을 받은 22일 사이가 투병생활을 하던 중 가장 힘들고 두려운 날이었다.

수술 전에 받아야 하는 검사들이 많다. 건강검진을 하는 것처럼 채혈, X-ray 촬영, 심전도 검사, CT 촬영 등이다. 외과 진료를 받은 첫 날 CT 촬영을 제외한 나머지 검사를 모두 받았다. CT 촬영은 예약 대기자가 많아서 약 10일이 지난 17일이 돼서야 할 수 있었다.

CT 촬영을 하려면 '동의서'를 써야 한다. 검사를 위해서는 조영제 주사를 맞고 촬영을 해야 하는데 그 조영제의 부작용에 대한 동의서였다. 그럴 일은 거의 없다고 하지만 '쇼크사' 되는 경우도 있다고 한다. 하지만 나에겐 선택권이 없다. 그 검사를 받아야만 이후 수술과 치료를 진행할 수 있기 때문이다. 그 동의서에 사인을 하는 그 순간부터 약 10일가량 뒤에 있을 CT 촬영 하는 날까지 계속 CT 촬영에 대한 부작용 사례들을 검색하면서 두려움에 떨었다.

"온몸이 불타는 기분"... 공포는 커져만 갔다

조영제 부작용에 시달린 사람들의 후기를 읽어보니 더 무서워졌다. 심지어 어떤 사람은 조영제를 맞는 순간 온몸이 불타는 기분이 들었다고 했다. 소리를 지르고 뛰쳐나가고만 싶었다는 사람도 있었다. 경험해보지 못한 두려움. 시간이 지날수록 내 공포는 커져만 갔다.

그렇게 두려움에 떨며 D-DAY가 되었고 CT 검사실로 들어갔다. 오른팔을 걷어 평소보다 굵은 주삿바늘을 찔러넣었다. 이 관을 통해 촬영 도중 조영제가 투약될 거라고 한다. 심장이 쿵쾅거려서 간호사의 말이 잘 들리지 않을 정도로 긴장됐다. 순식간에 내 차례가 됐고, 나는 CT 장비에 누웠다.

검사는 약 3분 정도 걸린다고 한다. 그 짧은 시간에 얼마나 괴롭길래 많은 사람들이 후기를 그렇게들 남겨놓은 건지 무서워 검사실을 뛰쳐나가고만 싶었다. 하지만 목 주변에 갑상선암이 전이됐는지를 확인하는 검사이기 때문에 아주 중요하다. 이 악물고 버텨야만 한다. 촬영이 시작되고 약 1분 후 조영제가 들어갈 거라는 이야기가 들렸다. 검사실에 들어오기 전에 내 오른팔에 꽂아놓은 굵은 주사관을 통해 조영제가 내 몸으로 들어갔다. 그리고는 몸에 열이 올랐다. 숨을 내쉴 때 코에서 뜨거운 바람이 나오는 느낌이 들었다. 감기 몸살로 온몸에 열이 날 때의 느낌. 그리고 내가 본 후기에서처럼 생식기 부위가 특히 더 뜨겁게 느껴졌다. 하지만 그것도 잠시, 금세 온몸에 열은 사그라들었고 그간 두려워한 마음이 부끄러울 만큼이나 싱겁게 검사는 끝이 났다.

사람의 체질에 따라 조영제의 부작용도 다르게 나타난다. 하지만 나처럼 일어나지도 않은 일을 너무 크게 걱정하고 두려워하는 게 검사를 하고 치료를 받는 데 있어 전혀 도움이 되지 않는 것만은 분명하다. 그냥 침착하게 현실을 잘 받아들이고 그때 그때 최선을 다하면 그걸로 된 거다. 촬영을 마치고 몇 시간 뒤 진료실로 올라갔다. 전에 받은 혈액검사, X-ray 촬영 결과, CT 촬영 결과를 종합해보고는 역시나 수술하면 괜찮을 거라는 말을 해왔다. 수술을 하기 위해 약 일주일간을 입원해야 하고 임파선 전이 여부에 따라 수술이 좀 더 커질 수도 있다고 한다. 전이 여부를 확인하기 위해 CT 촬영을 한 걸로 알고 있는데 그걸로는 정확히 알 수는 없다고 했다. 10일간 CT 조영제의 공포에 떨었는데 정확히 알 수 없다고 하니 조금은 허무하다는 생각이 들었다.

이제 수술까지는 5일이 남았다. 하지만 아직도 가족들에게는 말을 못했다.

"빨리 승진해봤자...

왜 이렇게 살았지?"

건강검진에서 나를 포함해 우리 부서에만 총 3명이 갑상선에 결절이 있다는 걸 알았다. 나보다 10살 이상 나이가 많은 사람들. 나는 내가 암일 것이라고는 생각하지 못했고, 결국 이 병원 저 병원에서 똑같은 검사만 받다가 결국은 암이라는 사실을 확인했다. 반면 이 두 명은 혹시 모를 상황에 잘 대비해 처음부터 대학병원을 예약하고 검사를 받았다. 그런 철저한 준비에 감동해서였을까? 두 명은 양성결절로 판정을 받았다.

그중 나와 띠동갑이 차이나는 한 명은 직장에 와서 알게 되었지만 나와 같은 고등학교를 나온 선배였다. 평소 무뚝뚝하고 까칠한 성격이라 살갑게 지내던 사이는 아니었는데 우연히 둘 다 갑상선 결절을 발견하고는 조직검사 결과를 기다리던 어느 날 저녁, 함께 소주잔을 기울이게 됐다.

선배는 검사 결과 암으로 확진이 되면 회사에 휴직계를 낼 것이라고 했다. 휴직. 나는 상상도 하지 못했다. 휴직이라는 제도가 있는지 평소에 생각조차도 하지 않고 살았다. 그분의 말은 이랬다.

"지금까지 아등바등 살아보니 알겠다. 남들보다 1년 빨리 승진해봤자 월급 10만~20만 원 차이인데 그것 때문에 지금까지 너무 많은 것을 버리고 살았던 것 같다."

10년 넘게 직장생활을 해오고 있지만 난 그 선배의 말이 충격으로 남았다. 나도 지금껏 '월급쟁이' 신분에 길들여져 살아와서 그런지 내 권리를 찾아먹을 생각은 한 번도 하지 못했다. 내가 암일지도 모른다는 이 긴박한 상황 속에서도 바보같이 '이대로면 내 1년 농사 말아먹는다' '일주일 입원하면 연차가 몇 개나 남나'라는 생각만 하고 있었다.

'고졸 입사'라는 꼬리표

고등학교 진학을 앞두고 있던 어느 날. 형이 나를 불러 이야기했다.

"우리 집안 형편을 너도 알다시피 널 대학에 보내줄 수 없으니 실업계 고등학교로 진학해서 기술이나 배워라."

그 길로 나는 가기 싫은 실업계 고등학교에 진학했고, 재미없는 학교를 다니는 둥 마는 둥 했다. 그렇게 겨우 졸업장만 받을 수 있을 커트라인의 출석과 성적으로 졸업했다. 착실하고 공부 열심히 한 친구들은 '삼성'이나 '현대' 같은 대기업에 잘만 취직하는데 내게는 먼 이야기였다. 하지만 후회하기엔 이미 늦어버렸다.

어쩔 수 없이 이름 모를 중소기업에 취직했고 몇 년간을 죽어라 일만 했다. 그렇게 조금씩 실력을 인정받아 나름 업계에서는 잘 나갔지만, 여전히

'고졸'이라는 학벌은 대한민국에서 꼬리표처럼 내 발목을 잡았다.

나는 그 꼬리를 자르기 위해 산업체 특별전형으로 '사이버대학'에 진학했다. 하지만 졸업을 하기 전에 집에 홀로 계시던 어머니께서 쓰러져 수술을 받은 사건이 발생했고, 타지 생활을 접고 집으로 내려가야겠다는 생각이 들었다.

우연히 인터넷에서 모 대기업 지역공채 공고를 보게 됐다. 근무지가 '김해'도 있다는 사실을 알고 원서를 냈다. 하지만 나는 아직 대학 2학년에 재학 중이라 여전히 '고졸'이었는데 정말 운 좋게도 나는 그 회사에 합격을 했다. 고졸이라 처우가 형편없었지만 열심히 하면 지금처럼 해왔던 것처럼 극복할 수 있을 것이라 믿었다.

하지만 대기업의 시스템은 중소기업과 달랐다. 아무리 열심히 해서 주변 동료들과 상사들에게 인정을 받아도 예전 중소기업처럼 파격적인 인사는 할 수 없는 곳이었다. 높은 실적으로 몇 번 추천받아 '발탁 승진'의 기회가 있었는데도 형평성과 명분이라는 명목 아래 거부당하기 일쑤였다. 하지만 포기하지 않고 노력해 결국 발탁 승진했고, 조금씩 꼬인 내 고졸 입사의 늪에서 빠져 나올 희망이 보였다.

제일 길게 쉬어본 휴가가... 병가라니

이런 상황에서 갑작스럽게 내가 암일지도 모른다고 생각하니 너무나도 분하고 억울하다는 생각이 들었다. 그리고 어떻게 해서든 이 상황을 극복하고 앞으로 더 달려야만 한다는 마음뿐이었다. 그런데 그 선배의 말 한마디가 가슴에 비수처럼 꽂혀 머릿속을 계속 맴돌았다.

'빨라야 1~2년, 많아야 10만~20만 원'

나는 처음으로 '취업규칙' 파일을 다운받아 뒤지기 시작했다. 근속연수에 따라 '병가' 휴가를 내면 몇 달간 급여의 70%를 받을 수 있다는 것을 알게 됐다. 결국 암에 걸리면 휴가를 내겠다던 그 선배는 양성결절로 판정돼 계속 회사를 다녔다. 반대로 아무 생각도 없던 내가 '병가'를 제출하고 몇 달간의 휴가에 들어갔다.

열아홉 어린 나이에 사회에 나와 10년이 훨씬 넘는 세월 동안 일만 해온 내게 그 병가는 직장생활을 하면서 가장 오래 쉬어본 휴가가 됐다. 그리고 이 휴가가 내 인생을 송두리째 바꿔버린 계기가 됐다.

'서울 출장'으로 둔갑한

'암 수술 일정'

2013년 10월은 내 인생에 있어 가장 파란만장했던 한 달이었다. 10월 4일. 최종 암 선고를 받고 중중환자가 되었다. 그리고 10월 17일. 두려움에 벌벌 떨며 CT 검사를 받았고 난생 처음 긴 휴가에 돌입했다. 10월 21일. 태어나서 처음으로 병원에 입원이라는 걸 했으며 10월 22일. 갑상선 암 수술을 받았다.

한 달새 너무 많은 일들이 일어났고 제일 바빴지만 시간 안 가는 한 달이었던 것 같다. 넷째 주 월요일인 10월 21일이 입원하기로 예정돼 있었던 날이다. 입원하고 다음날인 22일이 수술. 외과 초진 때 수술하면 얼마나 입원해야 하나 확인하니 일주일 정도면 된다고 했었다.

나이 많은 노모께서 늦둥이 막내아들이 암에 걸렸다는 사실을 알면 큰 충격에 빠질 것이 분명하기 때문에 차마 이야기를 못했고, 입원을 위한 일주일 동안 평소 자주 오가던 서울 출장을 다녀와야 한다고 둘러댔다.

다니던 직장에는 17일부터 병가를 제출했다. 병가 첫날인 17일은 공포의 CT촬영으로 하루를 다 보냈는데 조영제의 공포 때문에 너무 긴장을 해서인지 너무 피곤했다. 18일 금요일은 특별한 일정이 없었기 때문에 어머니께는 출장 가기 전 푹 쉬고 가려고 휴가를 냈다고 말씀드렸다. 그러면서 매번 미뤄왔던 외할머니 산소에 가자고 말씀드렸다.

외할머니는 노환으로 내가 중학생 때 돌아가셨다. 외가댁 고향이 함양인데 함양중에서도 좀 외진 마을이다. 외할머니가 돌아가셔서 함양에 외할머니를 모시러 갔을 때 펑펑 울던 어머니의 모습이 아직도 기억에 남아 있다. 그 뒤로 학창시절을 다 보내고 타지에서 직장생활을 한다고 한 번도 외할머니 산소에 가 본 적 없다가 2005년 여름휴가 때 내려와서 어머니 모시고 한 번 다녀왔다. 그리고는 또 8년간 한 번도 못 가보고 살았다. 어머니도 이제 연세가 있어 대중교통으로는 다녀오지 못할 거리인지라 나와 똑같이 8년을 외할머니를 찾아뵙지 못하고 지내셨다.

엄마는 얼마나 엄마가 보고 싶을까?

밖에서는 똑똑한 척 다 하고 다녀도 정작 우리 집에서는 서른이 넘도록 철없이 나 하고 싶은 대로만 하고 살아온 나. 막다른 길에 들어서서야 어머니 마음에 걸렸다. 내 상황을 알면 얼마나 가슴 아파하실지. 아픈 것조차 불효라는 생각에 내 자신이 너무 싫었다. 그리고 매번 바쁘다는 핑계로 어머니께 '보고 싶은 엄마'를 만나게 해 드리지 못한 것도 죄송스러웠다.

그 길로 어머니를 모시고 외할머니 산소로 향했다. 고속도로를 달리면 3시간도 채 안 걸리는 거리인데 이게 뭐라고 어머니께서 그토록 그리워한 엄마를 만나게 해 드리지 못한 건지. 8년 만에 간 탓인지, 외할머니 산소로 가는 길을 잃어버렸고 한참을 헤매다 겨우 도착했다. 도착한 외할머니 묘지 주변에는 도라지가 많이 자라 있었다. 도라지 뿌리가 깊어 외할머니께 해가 되지 않을까 걱정을 하며 주변에 도라지들을 뽑는 어머니의 뒷모습을 보고 있으니 가슴 한구석이 먹먹했다.

가져간 캔 식혜를 외할머니 묘지 주변에 뿌리고 어머니와 함께 절을 올렸다. 그리고 잠시 돗자리 펴고 앉아 배를 한쪽씩 깎아 먹으며 외할머니 이야기를 했다.

어릴 적 부산 영도에 사시던 외할머니를 뵈러 가면 아무도 안 주고 장롱 안에 꼭꼭 숨겨둔 양갱을 꺼내 주시곤 했었다. 나는 평소 팥 들어간 음식을 별로 좋아하지도 않는데 그 달달한 양갱이 어찌나 맛있던지. 할머니께서 좋아하시던 '민화투'를 배우기도 했는데, 당시 '국민학생(초등학생)'이었던 난 윷놀이보다 화투 치는 게 더 재밌었다.

한참 외할머니 이야기를 하면서 몇 번을 망설였다. 그래도 내 상황을 어머니께 말씀드려야지 않을까. '외할머니가 날 지켜주실 거야'라며 외할머니 앞에서 말씀드리면 어머니도 좀 덜 놀라지 않을까? 많은 생각들을 했다. 하지만 외할머니께 자기 아들 잘되게 도와달라고 부탁하는 어머니 앞에서 '저 암이래요'라는 말은 할 수 없었다.

그렇게 3일간의 주말은 지나갔고 월요일, 나는 암수술이 아닌 서울 출장을 가기 위해 그렇게 집을 나왔다. 어쩌면 두 번 다시 돌아올 수 없는 우리 집을...

암수술 전 편의점서 마지막 식사...

눈물 났다

2013년 10월 21일 월요일. 아침부터 캐리어에 옷가지들을 싸서 어머니께 서울 출장을 다녀온다고 말씀드리고 집에서 나왔다. 사실 오늘은 병원에 입원하는 날이다. 내일이면 나는 수술대에 올라 갑상선암 수술을 받는다. 빈 병실이 몇 시에 날지 몰라 병원에서 연락 오기만을 마냥 기다려야 하는 상황. 출장 간다고 해놓고 집에 있을 수 없어서 아침 일찍 집에서 나와야만 했다. 그리고는 병원 근처 커피숍에서 시간을 보내고 있었다.

점심 시간쯤 되었을까? 병원에서 전화가 왔다. 병실이 났으니 병원으로 오라는 전화였다. 갑자기 심장이 뛰기 시작했다. 서른이 훌쩍 넘도록 입원이라는 건 한 번도 해본 적이 없었는데, 첫 병원 입원이 암 수술 때문이라니... 서글프다는 생각이 들었다.

병원에서 입원 수속을 밟고 병실이 있는 8층으로 올라갔다. 8층 간호사실에서 낙상예방 교육을 듣고 병실을 안 내받았는데 2인 중환자실이었다. 간호사는 빈 병실이 없다며 일반 병실에 자리가 나는 대로 옮겨준다고 했다. 그리고 첫날은 아무것도 하는 게 없다고 했다. 검사도 없고 식사도 없다. 그냥 알아서 나가 밥을 사먹고 오고 밤 10시 이후로 금식만 하란다. 이럴 거면 왜 하루 전에 입원을 시킨 건지 잘 이해가 되지 않았다. 병실 침대에 앉아 몇 번을 망설이다, 친인척 형제 자매들이 모여있는 가족 밴드에 수술 소식을 알렸다.

눈물의 편의점 도시락

병원 안을 돌아다니며 내가 일주일간 살아야 하는 공간을 구경했다. 입원해 있는 동안의 지겨움을 달래기 위해 가져간 태블릿 PC에 거치대를 꽂아 침대에 설치했다. 할 일을 다 했는데도 아직 해도 지지 않은 초저녁이었다.

아침도 거르고 나와 점심은 커피숍에서 커피 한 잔으로 때웠더니 배가 고프다. 환자복을 입은 채로 어슬렁거리며 병원 1층 로비로 내려갔다. 1층엔 식당도 있고 편의점도 있다. 혼자 이런 차림으로 식당에 앉아 밥 먹을 자신이 없어 편의점으로 들어갔다.

편의점에서 도시락을 사서 전자레인지에 데웠다. 그러고는 편의점 바에서서 도시락을 먹는데 충청도에 있는 누나에게 전화가 왔다. 누나는 전화기 너머에서 울먹이고 있었다. 멀리 있는 자신을 원망하는 듯했다. 누나의 그 목소리에 덩달아 나도 울컥했다. 참았던 눈물이 쏟아졌다. 눈물의 도시락. 어쩌면 내 마지막 식사일지도 모르는 이 소중한 한 끼를 편의점 도시락으로 때웠다.

밥을 먹고 병실로 올라와 침대에 멍하니 앉아 있었다. 2인실이지만 옆 침대가 비어 있어 1인실이나 마찬가지였는데 혼자 있는 병실이 더 외롭게 느껴졌다. 그때 간호사가 '수술동의서'를 가지고 들어왔다. 혹시나 수술하다 잘못될 수도 있다는 서류. 그 서류에 보호자가 아닌 내가 직접 사인을 했다.

밤 9시가 다 되어서 외가 쪽 사촌 누나와 매형이 놀란 듯 병원으로 뛰어왔다. 누나는 우리 집안에서 신통방통한 꿈을 잘 꾸는 편인데, 이상하게 얼마 전 꿈에 내가 나왔다고 한다. 누나 꿈속에서 내가 자전거를 타고 가다가 양쪽 갈림길에 다다라서는 어느 쪽으로도 가지 않더란다.

그리고는 길이 없는 가운데 벽을 향해 자전거를 돌진해서 부딪혀 쓰러지고 다시 일어나서 또 부딪히고를 반복하더란다. 그때 누나가 나를 발견하곤 너 뭐하냐며 나를 데리고 다른 데로 나왔다고 한다. 그런데 아니나 다를까 며칠 안 돼서 내가 암 수술을 한다는 소식을 알렸으니, 얼마나 놀랐을까.

시계를 보니 아직 10시가 안 된 시각이었다. 우리는 병원 앞 커피숍으로 갔다. 다들 바빠서 평소엔 1년 가야 한두 번 얼굴 볼까 말까 하면서 지냈는데... 아프다고 하니 한 걸음에 달려와준 사람들. 역시 뭐니 뭐니 해도 가족이 최고다.

커피를 마시면서 아무렇지 않은 척 씩씩하게 웃으며 괜찮다고 말했지만 누나와 매형을 보내고 병실로 돌아온 나는 밤새 한숨도 못 자고 뒤척거리기만 했다. 몇 년 전 군대 훈련소에서 보낸 첫날밤이 이와 비슷했을까? 긴장되고 낯선 이곳. 군대 안에서 국방부 시계는 계속 돌아가듯, 병원 안 시계도 계속 돌아 수술 D-데이가 밝았다.

온몸을 테이프로 '칭칭'...

수술실에서 왜 이러지

밤새 한숨도 못 자고 뜬눈으로 밤을 새웠다. 닭의 목을 비틀어도 아침은 온다고 했던가? 아침 6시쯤 되자 간호사가 병실로 들어와 수술 전에 맞아야 한다는 주사를 놓았다. 그리고 수술실에서 약 들어갈 수사관을 삽입하는데 보통 갑상선 수술의 경우 목을 수술하니 다리 쪽에 주사관을 삽입한다고 한다. 그런데 나는 오른쪽 손등에 꽂았다.

이제 정말로 내가 수술대에 올라야 할 시간이 온 거다. 나는 아침 첫 수술이라 8시로 일정이 잡혀 있다. 나중에 알고 보니 첫수술은 금식 시간이 짧아서 그나마 다행인 경우라고 한다. 오후 수술인 사람들은 전날부터 오후까지 계속 금식 상태에서 수술받고 회복하는 시간도 있어서 다음날이나 되어야 식사를 할 수 있다. 거의 이틀을 굶어야 하는 거다. 나는 첫 수술이라 수술받고 그 날 저녁에 죽을 먹을 수 있었다.

7시가 채 안 되어 병실로 이동용 침대가 들어왔다. 난 사지가 멀쩡한데 꼭 수술실로 이동할 때는 이렇게 중환자처럼 이동침대에 눕혀서 가야 하는 건지... 왠지 더 아플 것만 같다. 어제 가족 밴드에 수술 소식을 알렸더니 형과 사촌누나가 서로 일정을 맞춰 수술실 들어가는 건 형이, 출근 전에 와서 지키고 수술 받고 나오기 전에 사촌누나가 병원에 와서 기다리기로 했다고 한다.

순식간에 암 환자가... 인생은 진짜 한순간

병실은 8층이고 수술실은 2층에 있다. 간호사는 나를 이동용 침대에 눕히고는 엘리베이터앞 벽에 붙여 놓았다. 그때 형이 도착했다. 형은 불안해하는 나를 안심시키려 자신이 예전에 수술 받았던 이야기를 해줬다. 형도 어릴 적 몸에 담석이 많이 생겨 큰 수술을 받았다. 형과 나는 15살이나 차이가 나기 때문에 나는 형이 수술 받았던 시절은 기억하지 못한다.

형은 애써 웃으며 자기는 수술받을 때 링거 손가락에 끼워 들고 직접 수술방에 걸어서 들어갔다고 했다. 그 이야기를 듣고 있는데 어느새 침대는 2층으로 내려와 수술실 앞에 도착했다. 수술실 문이 열리고 형이 침대에서 멀어지는 그 장면은 인생을 살면서 다시는 경험하고 싶지 않은, 말로 표현하기 힘든 순간이다.

수술실 안에 들어가면 TV에서 보는 그런 수술실이 바로 나오는 줄 알았다. 그런데 큰 병원이라 그런지 수술실 문 안에는 여러 개의 방이 있었고 각방에서 여러명의 환자들이 동시에 수술을 받는다.

수술실에 들어가면 처음 가는 방이 회복실이다. 회복실에서 수술받기 전에 잠시 대기하는데 머리에 파마캡 같은 걸 씌우고 마취과 사람들이 오가면서 수술 종류와 환자 신원 확인을 여러 번 한다. 내 이름과 병명을 제일 많이 말했던 순간이다. 분명 난 며칠 전까지만 해도 보통 사람들처럼 출근하고 밥 먹고 술 마시고 했던 평범한 일반인이었는데, 순식간에 암 환자가 되었다. 인생은 진짜 한순간이라고 느껴졌다.

드디어 내가 수술 받을 수술실에 도착했다. 차가운 수술실. 홑껍데기 같은 수술 가운만 입고 있는 상태라 너무 추웠다. 긴장이 되어서 떨린 건지도 모르겠는데 내 기억에 수술실은 너무 추웠다. 수술대는 침대라고 하기보다는 폭이 아주 좁은 '도마'와 같은 느낌이었다. 수술대 옆에 침대를 붙이고는 옮겨 누우라고 했다.

심호흡을 10번 하기 전에 난 잠들었다

수술대에 누웠는데, 수술대 폭이 내 어깨 넓이 정도밖에 안 되었다. 수술을 준비하던 사람들은 내가 수술대에서 떨어지는 걸 방지한다며 내 몸을 '찍찍이' 테이프로 칭칭 감아 고정했다. 이 때 기분이 썩 좋지 않았다.

왠지 정신병원에서 멀쩡한 사람을 이상한 사람 취급하면서 감금할 때의 기분과 비슷할 듯했다. 하지만 나에겐 선택의 여지가 없었고 기분 안 좋다는 생각을 마치기도 전에 내 수술을 집도하기로 한 외과의사가 수술실에 들어왔다. 그는 간단하게 인사를 하고 수술 준비를 했다.

내 오른쪽 귀 아래 턱부위엔 몽우리가 있다. 몇 번이나 곪아서 째고 고름 빼고 치료를 받은 것만 두 번인데, 그 후에도 몇 년에 한 번씩 계속 재발했다. 의사는 이왕 수술하는김에 이 몽우리도 함께 제거해 준다고 했다. 세심한 배려... 그리고 마취에 들어갔다. 의사는 호흡기를 내 입에 갖다대고 천천히 깊게 숨을 들이마시라고 했다. 심호흡을 10번도 하기 전에 난 잠이 들었다.

환자복에는 피주머니,

팔에는 링거 5개

눈을 뜨니 회복실이다. 분명 저승은 아니고 내가 수술받은 병원이었다. 깨어난 걸 확인 한 간호사가 내 옆에 다가와 의식여부를 확인하는 질문을 몇 가지 하고는 심호흡을 계속하라고 한다. 그래야 마취가스가 빠져서 후유증이 없단다. 그리고 잠들지 않게 계속 정신을 차리고 있으라고 했다.

그렇게 잠시 회복실에 더 있다가 수술실 밖으로 나갔고, 그곳엔 누나가 기다리고 있었다. 수술받기 전에 수술 시간이 얼마나 걸릴 건지 물어봤을 땐 오전 11시쯤 끝날 거라고 했는데 내가 수술실을 나온 시간은 오후 1시가 훨씬 넘은 시간이었다. 밖에서 기다리던 누나가 많이 초조했을 테다.

어젯밤에 한숨도 못 자서 그런지 내가 회복실에서 보낸 시간이 길었다고 한다. 이후에 안 사실인데 누나가 병원 오기 전에 몇 번 병원에 전화해서 자기가 보호자라며 무슨 일 생길 때마다 자기한테 연락 달라고 했단다. 그래서 내 수술현황이 문자메시지로 실시간 전송되었다고 한다. 수술실에서 나와 회복실로 옮겨졌을 때도 문자메시지가 갔는데 회복실에서 너무 오랫동안 안 나와서 더 걱정했단다.

수술을 끝내고 다시 이동용 침대에 누워 병실로 갔다. 병실이 있는 8층 엘리베이터에 문이 열리고 이동용 침대가 간호사실 앞을 지날 때 침대를 옮겨주는 분이 크게 소리를 지른다.

"강상오님 오셨습니다!"

그 소리에 간호사들이 일제히 나와 병실 문을 열어주고 나를 침대로 옮기는 걸 돕는다. 마치 군대를 보는 듯한 일사불란함. 인상 깊은 장면 중 하나다. 침대에 날 눕히고 또 나에게 말했다. 심호흡을 하고, 절대 자면 안 된다고. 누나에게도 환자가 잠들지 않게 하라고 당부를 했다. 마취가스가 빠질 때까지 심호흡 하고 잠들지 않고 가만히 누워 있는 일은 쉬운 일이 아니었다. 덕분에 심호흡을 제대로 하지 않아 한동안 두통에 시달렸다.

수술만 받으면 모든 게 끝날 줄 알았는데...

수술받고 누워 있으니 입이 바싹 마르고 목이 탔다. 너무 물을 마시고 싶은데 한동안 아무것도 못 먹게 하니까 그것도 힘들었다. 너무 입이 타면 거즈에 물을 적셔 입술 정도만 적시라고 한다. 멍한 정신에 입에 젖은 거즈를 물고 누워 있는 내 모습이 얼마나 우스울지 몰라 사진을 찍어달라고 했다.

그렇게 몇 시간이 지나고 저녁이 되니 물을 조금씩 마셔도 된다고 했다. 목을 수술했기 때문에 목을 움직이는 게 부자연스럽다. 입원 준비물을 나름 잘 챙긴다고 했는데 빨대를 챙기지 못했다. 수술하고 물 마실 때 반드시 빨대가 있어야 한다. 다행히 누나가 커피 사마시고 따라온 빨대가 있어서 컵에 빨대를 꽂아 조금씩 물을 마셨다. 물 마시고 나니 이제 정신이 좀 들었다. 목을 수술했지만 내 사지는 멀쩡하기 때문에 이후 퇴원할 때까지 병원생활에 크게 무리는 없었다.

저녁 회진 때 나를 집도한 의사가 병실을 찾았고 오늘 저녁부터 바로 식사를 해도 된다고 했다. 좀 무리가 될 것 같으면 죽을 먹어도 된단다. 저녁에 죽을 달라고 해서 먹고 나니 목 움직이는 것만 불편할 뿐 원래가 멀쩡한 몸이라 그런지 몸의 회복 속도는 좋았다. 단지 아직 목에 호스가 꽂혀 있고 끝에 달린 피주머니가 내 환자복 주머니에 들어 있었다. 이 피주머니에 나오는 피의 양에 따라 퇴원시기가 결정된다. 피가 일정량 이하로 나와야 퇴원이 가능하다.

물 마시고 나서 화장실이 가고 싶었다. 간호사는 힘들면 누워서 처리하게 해준댔는데 나는 내 발로 걸어서 직접 화장실에 갔다. 단지 주렁주렁 달린 5개의 링거가 불편했을 뿐 그 외 움직이는 데는 무리가 없었기 때문이다.

이렇게 내 수술은 끝이 났다. 갑상선 종양의 크기가 3센티미터로 아주 큰 편이라 갑상선 전체를 들어내는 전절제를 했고, 전이가 의심되는 림프절 24개를 함께 제거해서 조직검사를 했는데 그중 7개에서 전이가 발견되었다. 생각했던 것보다 많이 진행된 상태였던 거다. 그 덕분에 수술만 받으면 모든 게 끝날 줄 알았던 나의 싸움은 다시 시작되고 있었다.

항생제 맞고 나니 입에서 냄새가...

괴로웠다

월요일에 입원해서 화요일에 수술을 받았다. 계획대로라면 토요일에 퇴원할 예정이었는데 회복 속도가 빨라 하루 일찍 퇴원을 했다. 난생 처음 병원에 입원해 보낸 5일은 '세상에 참 아픈 사람이 많다'는 걸 알려줌과 동시에 이 외과 병동에서 '나는 아픈 것도 아니다'라는 걸 느끼게 해줬다.

처음 입원할 때 일반 병실 중엔 빈 곳이 없어 하루에 5만 원이 더 비싼 2인실에 입원했다. 입원할 때는 빈 자리가 나면 바로 일반 병실로 옮겨 달라고 했는데 이미 병실에 익숙해진 4일째가 돼서야 일반 빈 자리가 났다고 했다. 그냥 이 병실에 계속 있겠다고 했다. 짐 옮기기가 귀찮아서기도 했지만, 오며 가며 일반 병실에 누워 있는 환자들의 상태를 보니 나도 덩달아 '중환자'라는 생각이 들었고, 그들과 함께 있으면 더 아플 것만 같다는 생각이 들어서다.

지루한 병원 생활... 떡볶이가 먹고 싶었다

사람은 나이가 들면 어쩔 수 없이 여기 저기 아플 수밖에 없고 회복 속도도 더디다. 그렇다 보니 이 병동 안에서 나는 아주 젊은, 아니 어린 환자였다. 나머지 대부분의 환자는 부모님이나 할머니뻘쯤 되는 사람들이었다. 그런 환자들 사이에 끼어 누워 있을 엄두가 나지 않았다.

다행히 병실을 옮기지 않기로 결정한 바로 다음날 퇴원할 수 있었다. 생각보다 피 주머니에 피가 차는 양이 적어 퇴원할 수 있게 된 것이다. 어머니께 서울 출장을 간다고 했으니 딱 금요일에 집에 가면 모든 시나리오가 맞아 떨어지는 것이었다. 목에 수술 자국이 있으니 어쩔 수 없이 집에 가서는 이야기를 해야 했지만, 어쨌든 괜찮은 '타이밍'이라고 생각했다.

병원에 있었던 시간들은 정말 지겨웠다. 일명 '나일론' 환자들은 어떻게 이 지겨운 병원에서 그렇게 잘 버텨내는지 신기했다. 입원할 때 노트북, 태블릿 PC, 스마트폰을 다 챙겨가고 읽을 책도 몇 권 챙겨 갔는데도 너무 지겨웠다.

병실 침대에 태블릿 PC 거치대가 달려있고. 침대 등받이를 꼿꼿이 세워 종일 노트북을 들여다 보고 있으니 매 시간마다 혈압을 체크하러 오는 실습생 간호사가 "뭐하는 사람이냐?"고 묻기도 했다. 이렇게 요란하고 유별나게 입원한 사람이 잘 없으니 신기했던 모양이다.

늦잠이라도 실컷 자면 시간이 빨리 가겠지만, 병원에선 낮잠도 제대로 잘 수가 없다. 수시로 혈압을 체크해야 하고 주사도 맞아야 한다. 약도 꼬박 꼬박 먹으라고 가져다 주고, 밥도 3끼 제시간에 나오는 등 잠시도 쉬는 법이 없다. 밤 10시면 TV도 못 보게 한다. 오로지 일찍 자고 일찍 일어나는 정말 나와는 맞지 않는 시스템이다.

수술을 하고 나오면 심호흡하라는 경고를 무시한 덕분에 나는 며칠간 마취 가스의 부작용에 시달렸다. 먹는 거라곤 죽뿐인데도 소화가 안 돼서 울렁거리고 더부룩했다. 소화가 안 되는 부작용은 3일간 지속됐고 4일째 되는 날 저녁에서야 배가 고프다는 느낌이 처음으로 들었다. 그날 친하게 지내던 직장 동료가 병문안을 왔는데, 떡볶이랑 순대를 사가지고 와달라고 부탁했다. 오랜만에 먹고 싶은 음식을 실컷 먹었다.

수술을 마치고 퇴원을 할 때까지 가장 괴로웠던 순간은 항생제 맞는 시간이었다. 피부에 바늘을 매번 찌르지 않고 링거가 들어가는 오른 손등 관을 통해 주사약을 넣었다. 그래서 바늘의 공포는 없었다. 그런데도 '항생제' 주사를 맞을 때는 너무 괴로웠다.

항생제가 들어가면 오른 손등부터 혈관을 타고 오른쪽 팔꿈치까지가 얼얼하게 아프다. 왼손으로 혈관 주위의 피부를 비벼대며 고통을 잊어보려고 애썼다. 그보다 더 괴로운 건 항생제를 맞을 때 나는 냄새다. 주사를 맞았는데 코와 입 안에 항생제 특유의 냄새가 퍼진다.

정말 역해서 구역질이 날 것만 같았다. 그 특유의 신약 냄새. 하루 한 번 항생제 맞는 시간이 너무 괴로워서 하루라도 빨리 퇴원하고 싶었다. 나의 간절한 기도가 먹힌 건지 나는 일정보다 하루 일찍 퇴원을 할 수 있었다.

"자식이 아픈 줄도 모르고"...

엄마는 울었다

입원 4일째. 오늘도 변함없이 간호사가 피주머니에 든 피의 양을 측정하러 왔다. 4일 내내 세수 한번 못하고 머리도 못 감고 완전 더러운 몰골로 피 양 측정을 했다. 얼른 익숙한 우리 집 욕실에서 깨끗하게 샤워하고 뒹굴거리면서 TV 채널을 돌리고 싶다. 그런 바람을 알아준 것인지 예정보다 하루 일찍 퇴원할 수 있다는 소식이 들려왔다.

바로 몇 시간 전에 일반 병실로 옮길 수 있다는 걸 거부하고 계속 2인실에 있겠다고 했는데 바로 내일 퇴원할 수 있다니, 잘한 선택이었다. 내일이면 집에 간다는 생각에 얼마나 기분이 좋았는지 모른다. 다음 날 소풍을 앞둔 초등학생의 감정과 난생 처음 미팅에 나가기 전날 대학생의 감정이랑 비슷했던 것 같다.

내일 집에 간다는 생각에 나는 용기를 내어 병원 내 샤워실로 갔다. 숫자가 많이 줄긴 했지만 아직 팔에는 링거가 꽂혀 있었다. 그래도 목 안에서 나오는 피를 빼내기 위해 달려 있던 피주머니와 호스를 제거하고 봉합을 했기 때문에 용기를 낼 수 있었다. 그래도 거의 일주일 만에 새로운 삶을 얻어서 집에 가는데 꼬질꼬질하게 갈 수는 없지 않나.

피부를 절개하면 무조건 꿰매고 실밥을 뽑아야 하는 줄로 알던 나에게 의료용 본드는 신세계였다. 본드로 피를 빼내는 호스 구멍을 봉합하는데, 딱 '5초 본드'라고 불리는 순간접착제 냄새가 났다. 그냥 본드로 살을 붙이는 기분이었다. 그래도 흉터도 작게 남고 실밥 뽑을 필요도 없으니 좋은 기술이긴 하다.

샤워장에 들어가서 씻을 준비를 하는데 옷 벗는 것도 힘들었다. 링거 바늘을 빼지 않고 환자복을 벗으려고 하니 여간 어려운 게 아니었다. 그리고 씻는 동안도 한 손은 링거를 들고 있어야 해서 한 손으로 씻어야 했다.

겨우 옷을 벗고 수술 부위에 물이 안 가도록 살살 세수를 하고 머리를 감았다. 4일간 '떡진' 머리를 감을 때는 정말 시원한 기분이었다. 그리고 목 아래로 몸도 씻었다. 다 씻고 병실로 돌아오니 이제 퇴원할 수 있다는 생각에 너무 기분이 좋았다.

"자식이 그렇게 아픈 줄도 모르고"... 엄마도 울고 나도 울고

드디어 퇴원하는 날. 누가 깨운 것도 아닌데 새벽부터 일어나서 퇴원 준비를 했다. 퇴원 절차는 간호사의 안내를 받고 원무과에 수납을 하면 된다. 그리고 약국에 가지 않아도 바로 다음주에 있을 첫 번째 외래진료 때까지 먹을 약을 병원에서 준다. 약봉투를 들고 설명을 들었다.

이제 나는 죽는 날까지 매일 아침에 약을 먹어야 한다. 갑상선 호르몬제다. 갑상선 장기 전체를 들어내는 전절제를 했기 때문에 내 몸은 갑상선 호르몬 생산을 하지 못한다. 그래서 평생 약을 먹어야 한다. 호르몬 보충과 더불어 이 약이 앞으로 암이 재발하는 것을 막는 항암작용도 한다고 한다.

퇴원 절차를 마치고 조금 기다리니 형이 병원에 왔다. 혼자 택시 타고

59

집에 가면 된다고 했는데도 기어이 형이 데려다 주겠단다. 형 차를 타고 집에 가는 길에 어머니께 전화를 걸었다. 아직도 내가 암에 걸린 사실을 모르시는 어머니. 이제는 어쩔 수 없이 말씀을 드려야 한다. 어머니께 전화를 걸어 출장 갔다가 좀 일찍 집에 가는데 어디 계시냐고 하니, 친구분들과 놀러 가셨다고 집에 가서 밥 챙겨먹고 있으라고 하셨다.

드디어 도착한 우리 집. 내 방에 들어서는 순간 그동안 잘 참아온 눈물이 왈칵 터져버렸다. 수술 전날 편의점에서 도시락 먹으면서 누나와 통화할 때 잠시 눈물을 훔쳤는데, 이번 눈물은 주체할 수 없을 만큼 펑펑 흘렀다. 다시 돌아올 수 없을 줄 알았던 내 방에 서 있다는 사실이 정말 감동이었고 감사했다.

저녁에 어머니가 집에 돌아오셨다. 어머니께 잠시 앉아보시라고 하고 놀라시지 않도록 침착하게 말씀을 드렸다. 수술 잘 받고 집에 왔노라고. 형과 누나가 병원에도 왔고 나를 잘 챙겨줬다고. 어머니는 자식이 그렇게 아픈 줄도 모르고 놀러나 다녔다며 눈물을 흘리셨다. 미안하다고. 나도 그런 어머니와 함께 같이 울었다. 나도 죄송하다고.

수술 후 변한 몸... '답'은 있었다

퇴원해서 내 방에 와있다는 꿈만 같은 사실에 기뻐한 것도 잠시, 수술 후유증이 느껴지기 시작했다. 전신 마취에 갑상선을 다 들어내고 림프절도 24개나 제거를 했는데 몸이 정상일 리 없는 것이 당연하다. 하지만 퇴원해서 집에 간다는 달콤함에 빠져 증상들을 무시하고 있었던 것 같다.

가끔 고도가 높은 산에서 차를 타고 내려오다 보면 귓속이 멍한 느낌이 든다. 수술을 하고 나서 며칠 동안 계속 그런 느낌이 들었다. 가만히 있는데도 가끔씩 고막이 찢어질 듯 한 고통도 밀려왔다. 종일 멍한 느낌 때문에 사람들의 말소리도 작게 들렸다. 첫 외래 진료 시 이런 증상에 대해 이야기하니 수술할 때 수술 부위를 잡아 당기면서 수술을 하기 때문이란다. 다행히 이 증상은 별 다른 조치 없이 시간이 지나면서 차차 좋아졌다.

수술이 끝나고... 먹을 순 있었지만 소화가 안 됐다

수술이 끝나고 운 좋게도 바로 당일 저녁부터 식사를 할 수 있게 됐다. 그런데 그런 행운과 달리 음식을 먹으면 소화가 되지 않았다. 수술하고 3일 동안 계속 죽만 먹었음에도 속은 계속 더부룩하고 꽉 찬 느낌이었다. 병원에서 계속 생활해 생긴 운동 부족이 원인이라고 했다. 평상 시 내 생활 패턴을 봐도 운동 부족은 여전했다. 아마 마취 가스의 후유증이었던 것 같다. 다행히 퇴원하기 전 날이 되자 수술 후 처음으로 '배고프다'라는 느낌이 들기 시작했고, 떡볶이와 순대를 먹으며 회복을 했다.

목을 수술해서인지 정신을 차리고 병실에 온 손님들에게 무언가를 말하려고 하면 목소리가 크게 나오질 않았다. 갑상선 암 수술 후기 블로그를 한 동안 운영하면서, 찾아온 손님들과 대화할 때 목소리 문제로 오랜 시간 고통받으며 살고 있는 사람들이 많다는 걸 알았다. 나도 당시 제일 걱정스러웠던 게 바로 목소리였다. 며칠이 지나면서 서서히 정상화돼갔다. 수술할 당시 부갑상선 부위를 건드려 그렇다고 한다.

어쩌면 당연한 것일지도 모르는 체력 저하와 피로감. 평상 시 보다 몸이 쉽게 피로해지는 걸 느꼈다. 병원에 있을 땐 몰랐는데 퇴원하고 1주일 정도 생활하다 보니 내 몸이 예전 같지 않다는 걸 느꼈다. 첫 외래 진료 때 피로함에 대해 이야기를 했더니 신지로이드 용량을 조절해줬다. 그리고 이후 운동과 식이요법을 통해 체중을 줄이고 체력을 키우니 정상적인 생활로 돌아올 수 있었다.

마지막으로 면역력 저하. 나는 평소에도 피곤하거나 몸 상태가 안 좋으면 잇몸과 귓불 뒤에 염증이 잘 생긴다. 처음 수술하고 이런 증상은 나타나지 않았는데, 퇴원하고 3주가량 지났을 때 이런 증상들이 나타나기 시작했다. 당분간 외래 진료가 없어 이 부분은 물어보지 못했는데 평소 자주 겪던 증상이기 때문에 몸에 면역력이 떨어졌음을 알 수 있었다. 치과 치료를 병행하면서 조금씩 개선돼 갔다.

무심코 던진 돌에 개구리는 맞아 죽는다

수술하고 이런 증상들이 사라져 정상적인 몸 상태가 되기까지는 두 달 가량의 시간이 걸렸다. 하루도 빠짐없이 등산과 조깅으로 운동을 하고, 소식을 통해 체중을 줄이는 등 노력했을 때의 이야기다.

나는 수술을 하기 위해 입원할 때부터 직장에 병가를 제출했고, 몇 달을 몸을 추스르는 데만 집중했다. 간혹 갑상선암은 착한 암이니, 수술만 하면 괜찮다느니 하면서 수술 기간만 쉬었다가 바로 직장으로 복귀하는 사람들이 있다. 그 사람들도 분명히 '암' 수술을 받은 환자들이고, 아직 계속해서 치료와 회복을 요하는 사람들임에 틀림없다.

세상에 어떤 일이든 직접 겪어보지 않고서는 절대로 그 심정을 알 수 없다. 그냥 그럴 것이라고 추측하는 것과 이해하는 척 할 뿐인 것이다. 내가 블로그를 운영하면서 만난 수 많은 갑상선암 환우들에게 공감한 건 가족조차도 겪어보지 않았기 때문에 쉽게 이야기한다는 것이다. 그 말 한마디가 아픈 사람에겐 상처로 남는다. 그렇게 상처를 받다 보니 같은 병을 경험했다고 하지만 얼굴도 모르는 사람인데 오히려 가족보다 그들에게서 위로받고 위안을 삼는다. 속 깊은 이야기를 터놓는다.

꼭 갑상선암뿐 아니라 어떤 병이라도 내 주변에 아픈 사람이 있다면 함부로 이야기해서는 안된다. 무심코 던진 돌에 개구리는 맞아 죽는다.

림프절 전이... 놀랍게도 담담했다

갑상선암 수술을 위해 5일의 병원 생활을 마치고 집으로 돌아온 지 일주일이 지났다. 수술을 하고 나서 많은 신체 변화가 있었다. 가장 심한 곳은 당연히 목 부위였다. 절개 흉터가 남지 않도록 의약품을 붙였다. 그런데 흉터 여부를 떠나 주변 피부에 감각이 없었다. 목욕탕에서 한 곳만 때를 너무 심하게 밀고 나면 피부가 엄청 예민해지는데 그런 느낌이 지속됐다.

수술이라는 큰 산을 넘었다는 생각에 조금은 마음이 놓인 상태로 일주일이 흘렀다. 퇴원하고 첫 외래 진료가 다음주 목요일에 잡혔다. 수술하고 처음 가는 병원인 데다 수술할 때 전이가 의심돼 제거한 림프절 24개에 대한 조직검사 결과를 듣는 날이었다. 처음 갑상선 결절을 발견하고 조직검사를 받을 때는 '제발 암이 아니기를...' 하고 빌었다면 이제는 '제발 전이만 안 되었기를...'이라고 빌었다.

나는 결절 크기가 3cm로 아주 큰 편이라 전이 여부와 상관없이 재발확률을 줄이기 위해 방사성 요오드 치료를 받아야 했다. 그래도 전이가 없으면 여기서 치료가 끝날 수도 있다는 기대감에 전이가 되지 않았기를 바랐다. 하지만 나의 바람과는 달리 조직 검사 결과, 제거한 24개의 림프절 중 7개의 림프절에서 전이가 발견됐다.

아니길 바랐지만 무의식 중에 예상했는지 처음 진단을 받을 때만큼의 충격은 오지 않았다. 담담히 설명을 듣고 진료실을 나왔다. 다음 외래 일정을 잡고 처방전을 받은 뒤 외과 맞은편 건물 지하에 있는 핵의학과로 첫 진료를 받으러 갔다.

산 넘어 산... 이제 방사성 요오드 치료를 받아야 한다

핵의학과는 방사성 요오드 치료를 받기 위해 진료받는 곳이다. 방사성 요오드 치료는 갑상선이 좋아하는 '요오드' 성분과 같은 '방사성 요오드' 라고 하는 동위원소를 이용한 치료방법이다. 정확히 말해 치료라고 하기보다는 내 몸에 남은 갑상선을 정상세포든 암세포든 모두 파괴하는 거다. 갑상선 세포가 없으면 당연히 갑상선암도 없을 테니까.

방사성 요오드 치료는 방사성 요오드 캡슐을 복용하면 끝이다. 복용하기 전에 준비해야 하는 과정들이 엄청 힘들긴 하지만 간단하게 이야기하면 약만 먹으면 되는 셈이다. 복용한 약물이 '방사능'이고 그 약물을 복용하면 내 몸에서도 계속 방사능이 배출된다. 덕분에 나로 인해 주변 사람들에게까지 방사능 피폭 피해를 줄 수 있다. 그래서 치료 기간 동안은 독방에 갇혀 있어야 한다. 그러므로 격리실이 없는 병원에서는 이 치료를 받을 수 없다.

대학병원이 아닌 중소병원에서 갑상선암 수술을 받은 환자들도 방사성 요오드 치료를 받기 위해서는 이 격리실이 있는 병원으로 와야 한다. 다행히 내가 수술을 받은 병원에는 격리실이 있어 병원을 옮기지 않고 바로 치료가 가능했다. 이 격리실 스케줄에 따라 치료 일정을 잡는데 가장 빨리 치료받을 수 있는 날짜가 2013년 12월 30일이었다. 그 날 입원하면

2014년 1월 1일 새해가 밝은 날 아침에 퇴원을 할 수 있다고 했다.

어차피 받아야 할 치료인데 올해를 넘기고 싶지 않았다. 그래서 그 날로 예약했다. 수술을 받고 두 달이 조금 넘는 시간이 지난 후 방사성 요오드 치료를 받는 거다. 다시 마음을 다잡고 치료받을 준비를 해야 한다.

병원을 나와 집으로 돌아오는 길에 서점에 들러 책을 한 권 샀다. 〈갑상선암 완치를 위한 2주 밥상〉. 방사성 요오드 치료를 받기 전에 2주간 '저요오드식'을 해야 한다. 저요오드 식단에 대한 책이다. 어떤 병을 겪으면 환자도 그 병에 대해서는 '박사'가 된다. 이 책은 '강남세브란스병원 갑상선암센터'에서 썼는데 책에 쓰여진 '갑상선암'에 대한 정보를 나도 대부분 알고 있었다.

이렇게 나는 또 다시 '암'이라는 녀석과 싸울 준비를 했다. 수술만 받으면 끝이 날 줄 알았던 나의 투병일기. 그 2부가 이제 막 시작되고 있다.

건강 안 챙기던 나,

암 수술 후 모든 게 달라졌다

갑상선암 수술을 받은 뒤에도 컨디션이 특별히 나쁘다거나 수술 전과 몸상태가 크게 다르지는 않았다. 기분 탓인지 쉽게 피로해지는 것 같은 느낌은 있었지만 일상생활에 문제는 없었다. 하지만 약 2달 뒤면 방사성 요오드 치료도 받아야 하고 '엎어진 김에 쉬어가라'는 말처럼 쉬면서 몸을 좀 돌봐야겠다는 생각으로 직장 복귀를 미루고 병가를 냈다.

이제 와서 돌이켜보니 나는 건강에 대해서 참 신경 쓰지 않는 사람이었다. 좀 더 곰곰이 생각해보면 나 뿐만 아니라 대한민국에서 직장생활을 하고 있는 직장인이라면 머리로는 건강이 가장 중요하다고 생각할지 몰라도 실제 생활에선 건강을 가장 최하위에 두고 살아가고 있는 것 같다.

열일곱. 학창시절 친구들에게 휩쓸려 담배를 피우기 시작해 갑상선암 진단을 받던 서른두 살의 가을까지 꼬박 16년간을 피워왔다. 회식 핑계대면서 새벽까지 술 마시고 몸도 제대로 못 가누면서 집에 들어오기 일쑤였고 그중에 반 이상은 술을 이기지 못해 변기에 얼굴을 묻고 꽥꽥거렸다.

평소 입맛 또한 '초등학생 입맛'이라 고기와 인스턴트 음식에 환장했고 탄수화물과 나트륨 중독이었는지 밥을 먹고 배가 부른데도 기다란 통에 든 감자칩 한 통을 다 먹어치우곤 했다.

처음 갑상선암 진단을 받았을 땐 왜 하필 나에게 이런 일이 생긴 건지 하늘을 원망했다. 수술을 받고 나를 돌아볼 여유가 생기면서 나에게 일어난 일을 인정할 수밖에 없었다. 그러기에 이제라도 새롭게 얻은 내 두 번째 인생은 다르게 살기로 결심했다.

식단 조절과 운동... 기본에 충실하며 몸을 추스렸다

갑상선암 진단을 받던 2013년 10월 4일. 그날로 16년간 피워온 담배를 끊었다. 확실한 계기가 있어서인지 그 뒤로 단 한 번의 금단증상도 없이 수월하게 금연에 성공했다. 이제 술과 폭식으로 망가져버린 내 몸을 정상으로 돌리는 것만 남았다. 수술을 받고 퇴원할 때 내 몸무게는 79.5kg으로 내가 지금까지 살아오면서 가장 몸무게가 많이 나가던 순간이었다.

고등학교를 졸업하고 사회생활을 처음 시작할 때 나는 62kg의 마른 몸을 가지고 있었다. 그 뒤로 타지에서 혼자 살면서 직장생활을 할 때 78kg까지 몸이 불어났다. 그 당시에도 과음, 폭식이 주 원인이었다. 한때 정신을 차리고 운동의 재미에 빠져 다시 67kg의 아주 정상체중의 몸으로 돌아왔던 적도 있었지만 이내 다시 흐트러진 정신 상태는 몸까지 망가뜨렸다.

이제는 다시 예전으로 돌아갈 수 없다. '진짜 죽을지도 모른다'는 공포는 그 어떤 동기보다 강하게 와 닿았다. 그렇게 운동을 시작했다. 수술을 받고 얼마 지나지 않았기 때문에 헬스 같은 운동은 할 수 없었고 그냥 멀쩡한 두 다리로 걸었다. 웬만한 거리는 차를 타지 않고 무조건 걸어 다녔다.

일주일에 일요일을 뺀 나머지를 격일제로 등산과 공원 걷기를 시작했다. '산은 바라보는 것'이라는 신념을 가지고 있던 내가 스스로 등산을 하기로 마음 먹은 것이다. 처음부터 무리할 순 없으니 1년에 두 번 있던 향방작계

예비군 훈련을 가면 전투화를 신고 올라가던 신어산 약수터까지를 목표로 잡았다. 쉬엄 쉬엄 올라가도 30분이면 가는 거리를 몇 번을 쉬어 겨우 올라갔다.

등산을 시작한 지 한 달 즈음 지났을까? 몸무게는 4kg가량 빠졌고 등산이 익숙해져 약수터까지는 단번에 올라갈 수 있는 체력이 길러졌다. 그렇게 자신감이 붙은 어느 날 약수터에서 물 한 모금 마시고는 그 길로 정상까지 올라갔다. 그날 신어산 정상에 서 있던 나에겐 '자신감'이라는 단어가 가슴속에서 벅차 올랐고 이제는 뭘 해도 할 수 있을 것 같다는 희망 또한 생겨났다.

식습관도 조금씩 바뀌어서 집에 있어도 입에 안 대던 과일의 맛을 알아가기 시작했고 탄수화물 섭취를 줄여나갔다. 금연을 해서 그런지 입맛이 돌아 음식이 더 맛있게 느껴졌는데도 먹는 양은 이전보다 훨씬 줄어들었다. 병가 덕분에 매일 집밥을 먹어서 그런지 더 건강해진 기분이었다.

그렇게 한 달이라는 시간이 훌쩍 지나갔고 두 번째 외래 진료를 받는 날이 되었다. 오늘은 병원에 가면 방사성 요오드 치료에 대한 설명을 듣는다. 이 치료를 위해 한 달간 체력을 키워왔으니 두려워하지 말자고 마음 먹고 병원에 갔다.

병원으로 '약 쇼핑'을 다녀오다

2013년 11월 28일. 병원에 가는 날이라 준비하면서 뉴스를 보는데 강원도 지역엔 눈이 많이 내렸다고 한다. 내가 사는 곳은 1년 동안 눈 구경 한두 번 할까 말까 한데... 12월도 안 됐는데 벌써 눈이 내렸다고 하니 겨울이 오고 있음이 실감이 났다. 윗 지방만큼은 아니지만 여기도 날씨가 쌀쌀해졌기 때문에 감기에 걸릴 수도 있다는 우려에 단단히 싸맸다.

병원이 대학병원이라 그런지 외과 외래진료가 있는 매주 화요일과 목요일 오후엔 주차장이 항상 만원이다. 집에서 병원까지 차로 30분 남짓 달리면 도착하는 거리인데 병원 입구에서 주차장 들어가는 데만 30분을 더 기다려야 한다. 그래서 운동도 할 겸 차를 포기하고 대중교통을 이용하기로 했다. '버스-경전철-지하철-마을버스' 이렇게 여러 번 환승을 해야 도착할 수 있는 병원인데 몇 번 왔다 갔다 했더니 어느새 적응이 되었는지 불편하게 느껴지지 않았다.

오늘은 외과에서 채혈을 해 호르몬 수치를 확인하고 신지로이드 처방을 받아야 한다. 그리고 핵의학과에서는 방사성 요오드 치료에 대한 상세 설명을 들어야 한다. 들러야 할 곳이 많기 때문에 오전에 일찍 병원에 갔다. 10시 반쯤 도착해 본관 3층 채혈실에서 채혈을 하고 맞은편 건물 지하에 있는 핵의학과로 내려갔다.

방사성 요오드 치료... 2주간 뭐 먹고살아야 하나

핵의학과에서 방사성 요오드 치료에 대한 상세한 설명과 준비사항에 대해서 들었다. 나 혼자가 아닌 다른 갑상선암 환자들과 함께 조그만 회의실에 모여 들었는데 새삼 갑상선암 환자들이 많다는 걸 느꼈다.

교육을 받고 핵의학과를 나올 때 내 손에는 '갑상선암 환자를 위한 가이드 패키지'라는 안내서가 들려 있었다. 그 안에는 여러 가지 신지로이드 중단에 따른 부작용 체크리스트와 기록용 다이어리가 들어 있었다.

방사성 요오드 치료를 받기 위해서는 방사성 요오드 약물 복용 한 달 전부터 매일 아침에 복용하고 있는 갑상선 호르몬제인 '신지로이드' 복용을 중단해야 한다. 또한 2주 전부터는 '저요오드식'을 병행하기도 해야 하기 때문에 몸에 많은 부작용들이 생긴다.

그렇게 발생된 부작용들을 메모해 두었다가 병원에 제출하는데 제출된 부작용 자료를 근거로 이후에 하게 될 방사성 요오드 검사에서 신지로이드 중단을 대체할 수 있는 고가의 주사약에 보험적용이 가능하게 된다.

나는 12월 30일에 입원을 하기로 예정되어 있다. 그래서 12월 한 달간은 신지로이드를 끊어야 하고 12월 3주차부터는 저요오드식을 해야 한다. 신지로이드는 그냥 안 먹으면 되는데 저요오드식은 신경 쓸 부분이 많았다. 병원에서 받은 허용 식품 목록과 더불어 인터넷을 통해 얻은 정보들로 나름의 기준을 정리했다.

가장 힘든 건 한국 사람들이 가장 좋아하고 많이 먹는 음식인 고추장, 된장, 간장 등이 들어간 음식을 전부 먹지 못한다는 점이다. 실제로 평상

시 우리가 먹는 음식 중 장류가 들어간 음식을 제외하면 먹을 수 있는 음식이 거의 없다.

또 천일염이 들어간 음식도 먹지 못한다. 저요오드식이라는 게 요오드 성분을 최대한 먹지 않는 것인데 요오드 성분이 바다에서 나는 해산물이나 해조류 그리고 소금에 많이 들어있기 때문이다. 천일염을 못 먹으니 자연스럽게 천일염이 들어간 '장류'도 먹지 못하는 것이다.

'뭐 먹고 2주를 살아야 하나?' 고민하면서 병원 매점에 판매하고 있는 '무요오드 소금'을 한 봉지 구매했다. 2주간은 오로지 이걸로 만든 음식을 먹고살아야 한다. 다이어트를 위해 닭가슴살만 먹고살았던 적도 있었던 터라 크게 걱정하지는 않았다. 나중에 직접 해보면서는 힘들다는 사실을 알게 됐지만, 당시엔 경험해보지 않았으니 예상할 수가 없었다.

핵의학과 진료를 끝내고 채혈검사 결과가 나오기까지, 몇 시간 동안 병원 주변을 배회하다 외과 진료를 받았다. 검사 결과 수치의 변화가 있어 복용하던 신지로이드 용량을 조금 줄였다. 지난번 외래에서 평소보다 피곤한 느낌이 든다고 한 뒤 올렸던 약 용량을 수치 검사 후 다시 내린 거다.

처방받은 몇 개월치 신지로이드와 비타민, 방사성 요오드 치료를 위해 복용해야 하는 테트로닌 2주분까지... 약이 쇼핑백으로 한가득이다. 병원 다녀오는 날엔 '약 쇼핑'하러 가는 것 같다. 그리고 퇴원할 때 받은 수술 흉터에 붙이는 밴드가 떨어져 1장 더 받았다.

스마트폰 크기만 한 것 1장이 10만 원이다. 처음엔 요령이 없어 대충 잘라 붙였는데 이번에 받은 것은 수술 흉터 모양으로 조금 더 크게 여러 장으로 잘 잘라서 최대한 오래 사용할 수 있도록 만들었다. 실비보험이 없었다면 가격이 너무 부담스러웠을 것 같다.

이제 며칠 후부터 신지로이드를 중단함과 동시에 방사성 요오드 치료를 본격적으로 시작한다. 2013년. 내 나이 서른두 살의 겨울은 내 몸에 남은 갑상선암과의 마지막 사투를 준비하기 바빠 추운 줄도 모른 채 시작되고 있었다.

소중한 사람이 있다면

마음을 표현하세요

갑상선암 수술 이후 매일 아침 눈 뜨자마자 제일 먼저 하는 일은 '신지로이드'를 복용하는 것이다. 아침을 먹기 전 빈 속에 약을 먹어야 하기 때문에 일어나자마자 약부터 챙겨 먹는다. 아침마다 약을 챙겨 먹은 지도 어느 새 몇 달이 지났고 점점 습관이 되어가고 있다.

생각하지도 못했던 암 진단과 급하게 잡힌 수술일정을 소화하느라 몇 달을 정신없이 보냈다. 힘든 일을 겪고 있는 나를 보며 응원해 준 많은 사람들에게 감사 인사조차도 할 정신이 없었다. 수술을 받고 휴식을 취하면서 마음의 여유를 찾게 되었고 그제야 고마운 사람들에게 내 마음을 전하고 싶었다.

소중한 사람들과 진정한 행복을 알아가는 중...

조직생활을 함에 있어 '좋은 리더'를 만나는 건 가장 큰 행운이다. 19살에 처음 사회에 나와 15년간을 직장인으로 살면서 셀 수 없이 많은 리더들을 만났고 별의별 일들을 다 겪었다. 그런 나에게 2012년은 최고의 한 해로 꼽을 수 있는데, 그 이유는 나와 잘 맞는 리더를 만났기 때문이다. 나의 가능성과 능력을 높이 평가해 준 리더를 만나 추진하는 업무에 많은 지원을 받았다.

그 덕분에 그 해 최고의 성과를 낼 수 있었음은 물론이고 직장생활이 더 즐거워져 사내 행사 등 에도 적극적으로 참여했다. 그런 나의 '끼'마저도 '

역량'이라며 칭찬을 해주니 어찌 더 열심히 하지 않을 수 있었을까? 그렇게 한 해 동안 즐겁게 살아서 그런지 나는 상위 3% 정도만 받을 수 있는 고과를 받으며 해당 직급의 최소 체류연한을 채우지도 않고 '발탁 승진'할 수 있었다.

그렇게 나에게 아낌없는 신뢰와 무한 지원을 해주던 본부장님은 다음해에 다른 지역으로 발령이 나서 떠났다. 보통의 경우 대기업의 별과 같은 임원과 일개 사원의 인연은 이렇게 끝이 난다. 하지만 우리의 인연은 여기서 끝이 아니었다. 본부장님이 떠난 그 해 가을. 나는 갑상선암 진단을 받고 수술대에 올랐다.

SNS와 문자메시지, 전화를 통해 나의 소식을 들은 많은 동료들에게서 응원의 메시지를 받았다. 타 지역에 근무하는 동료들도 많았기에 직접 얼굴을 보고 인사를 할 수 없는 경우가 많았다. 최근 조직 내 분위기가 예전 같지 않고 실적의 압박에 다들 지쳐 있는 상태라 그 마저도 고마운 마음이 들었다.

수술을 받기 하루 전 스마트폰 메신저 친구 목록을 보다가 우연히 본부장님의 상태 메시지를 보게 되었다. 분명 '강상오, 힘 내'라고 쓰여 있었고 그 글을 보는 순간 감정이 복받쳐 올라 울컥했다. 많은 호의를 베풀어주었던 본부장님이 다른 지역으로 발령이 나서 떠나고 1년이 다 되어가지만 안부전화 한 번 드리지 않은 나인데... 아직도 그때처럼 나를 향해 '내리사랑'을 보여주셨다. 그 마음이 전해져 난 더 힘을 낼 수 있었다.

수술을 받은 지 한 달이 훌쩍 지나서야 본부장님께 전화를 드렸다. 통화를 하면서 저녁 약속을 잡았고 며칠 뒤 본부장님이 근무하고 계시는 대구로 갔다. 그렇게 1년 만에 다시 재회를 했고 함께 웃으며 즐거운 시간을 보냈다.

갑상선암을 겪으면서 힘든 시간을 많이 보냈다. 하지만 이 병을 겪으면서 느낀 점 또한 적지 않다. 나에게 소중한 사람이 누구인지, 인생에 있어 진정한 행복이 무엇인지 조금씩 더 알아가는 중이다. 지금 당신에게 소중한 누군가가 있다면 망설이지 말고 마음을 표현하기 바란다. '진심'은 주는 이에게 도 받는 이에게도 언제나 옳다.

갑상선암 치료 복병이

먹는 것일 줄이야

매일 아침 복용하던 갑상선 호르몬제인 '신지로이드'를 중단한 지 2주가 다 되어 간다. 방사성 요오드 치료를 받기 위해서는 4주간 신지로이드 복용을 중단해야 하고 2주간은 '저요오드식'을 해야 한다.

신지로이드를 중단하고 처음 2주 동안은 '테트로닌'이라는 약을 복용하는데, 테트로닌은 매일 아침 식전 공복에 한 번 복용하던 신지로이드와 달리 하루 2번 식후 30분에 복용한다. 테트로닌을 복용하는 2주간은 자유식을 하면 되고 테트로닌마저도 중단하는 2주간은 저요오드식을 해야 한다.

처음 신지로이드 복용을 중단하고 테트로닌을 복용하던 2주간은 평상시와 다를 것 없는 생활을 했다. 평소와 같이 매일 등산과 달리기 등 운동을 했고 고마운 사람을 만나기 위해 대구까지 다녀오기도 했디. 문제는 테트로닌도 중단하고 식단도 저요오드식을 해야 하는 마지막 2주다. 병원에서 설명을 듣긴 했지만 저요오드식은 처음 해보는 거라, 당황스러웠다.

한창 운동을 하면서 다이어트를 할 때 나트륨과 탄수화물 섭취를 줄이기 위해 식단을 조절해본 적은 있지만 저요오드식은 생각보다 먹을 수 있는 게 적었다. 일단 웬만한 채소들은 다 먹을 수 있기에 감자, 고구마, 호박을 샀다. 삶거나 쪄서 배고플 때 먹을 생각이었다. 병원에서 '무요오드 소금'을 사와 물리면 소금 찍어 먹으며 버틸 생각이었다.

저요오드식 쉽게 생각할 일이 아니었다

나는 70대 노모와 둘이 살고 있다. 어머니는 일제 강점기부터 6.25까지 직접 겪은 터라 '밥'에 대한 애착이 크신 분이다. 모든 부모가 마찬가지겠지만 자식의 입으로 음식이 들어가는 것을 볼 때가 행복하다고 한다. 그러다 다이어트라도 한답시고 밥을 먹지 않겠다고 하면 어쩔 줄 몰라 안절부절 못하시는 분이 우리 어머니다. 자식이 제대로 먹지도 못하고 지낼 걸 생각하니 걱정이 많이 되셨나 보다.

저요오드식에 들어가면 금지 식품 목록을 보면서 먹을거리를 준비해도 헷갈리는 부분들이 있다. 예를 들어 계란을 먹지 못하게 하는데, 단순히 계란만 먹지 못하는 것이 아니라 계란이 함유된 빵도 먹지 못하는 것이다. 천일염을 먹지 못하니까 천일염으로 담근 간장이나 고추장 등을 다 먹지 못하는 것처럼 말이다. 가공 식품들이 넘쳐 나는 세상이니, 어머니 생각에 먹지 못하는 재료가 포함되지 않았다고 생각하고 만들어 주는 음식에도 먹으면 안 되는 재료가 들어 있을 수도 있는 상황인 것이다.

한 번은 당면과 국수로 어머니와 이야기를 나눈 적이 있는데 어머니는 국수는 '밀가루', 당면은 '전분가루'로 만든 면이라고 생각하고 계셨다. 분명히 국수에는 밀가루 이외에도 소금도 들어가고 당면에도 전분가루 이외에 소금이나 다른 첨가제도 들어 간다. 그런 부분들을 조심해야 한다고, 그래서 어머니가 지금 만들어 주신 음식은 먹지 못한다고 말씀드리면 당신이 기껏 생각해서 만들어준 음식을 못 먹는다고 투정 부리는 것처럼 받아 들이시면서 서운해하셨다.

이렇기에 저요오드식을 하는 것이 쉽지 않았다. 또한 저요오드식 기간에는 신지로이드를 비롯해 테트로닌조차도 복용을 하지 않고 완전히 끊는 기간이라 신지로이드 중단에 따른 부작용들이 생기기 시작한다. 몸이 힘 들어지면 모든 것이 짜증 나게 마련인데 '힘드니까 그냥 내버려 둬 달라' 고 말씀드려도 눈 앞에 있는 '자식이 굶고 있다'는 생각에 계속 안절부절 못하셨다.

어머니의 그런 모습에 나는 더 힘들고 짜증이 났다. 어머니의 마음은 충 분히 이해를 하지만 환자의 입장에서 생각해보면 어차피 그런 환자에게 보호자가 해줄 수 있는 건 없다. 걱정한답시고 계속 보채고 확인하는 게 더 스트레스가 될 수 있으니 그럴 땐 그냥 내버려두는 것이 도와주는 것이 다.

'다이어트할 때도 먹고 싶은 거 못 먹고 잘 참으면서 살이었는데 뭐...' 라고 쉽게 생각했었는데 신지로이드 중단 부작용과 저요오드식이 합쳐지 니 내 예상과 달리 너무 힘들었다. 시간이 지날수록 속이 울렁거리고 메슥 거리어 평소 먹던 저요오드 식단의 음식을 먹으면 토할 것만 같았고 얼큰 한 국이나 찌개라도 먹으면 괜찮을 것 같다는 생각이 간절해졌다. 하지만 그럴 수는 없으니 오롯이 그냥 견디는 방법 밖에는 없었다.

저요오드식을 시작하기 하루 전날 저녁. 어머니와 함께 배추전을 구워 서 실컷 먹었다. 달달한 겨울 배추에 부침가루를 묻혀 프라이팬에 기름을 둘러 구워낸 배추전. 나는 배추전을 처음 먹어보는데 농담 삼아 어머니께 '배추전 장사하자'고 할 만큼 맛이 좋았다. 저요오드식을 시작한 뒤 힘들 때 어머니의 배추전과 묵은지로 끓인 김치찌개가 너무 먹고 싶었다.

어머니의 요리는

'정성'이자 '사랑'이었다

뭘 먹고살아야 될지 몰라 걱정으로 가득했던 저요오드식 기간이 시작되었다. 다이어트한다는 생각으로 감자, 고구마, 호박이나 삶아 먹으면서 2주를 버티려고 했지만 말처럼 쉬운 일은 아니었다. 우연히 서점에서 〈갑상선암 완치를 위한 2주 밥상〉이라는 책을 발견했고 지금 나에게 꼭 필요한 책이라 생각해 구매를 했다.

책에서는 저요오드식에 대한 다양한 요리 레시피가 나와 있었다. 그 레시피를 참고해서 2주를 보낸다면 하나도 힘들 것 같지 않았다. 오히려 평소에 집에서 먹던 식단보다 더 훌륭한 식단들로 가득 차 있었기 때문이다.

하지만 문제는 식재료다. 저요오드식은 2주간만 하면 되는데 그 책에 나오는 요리들을 해먹기 위해 조금씩 필요한 식재료를 모두 구입했다가는 냉장고에 다 넣지도 못할 게 분명했기 때문이다. 나름 알찬 내용으로 구성된 책이었지만 일반 가정의 현실과는 조금 동 떨어진 터라 참고만 해야 했다.

어머니가 차려주신 '저요오드식' 밥상

나의 우려와 달리 저요오드식 기간이 시작되자 어머니가 차려 주신 식단에 감동할 수밖에 없었다. 역시 '요리'라는 건 실력도 실력이지만 '정성'이자 '사랑'임에 틀림없다. 어머니께선 한국사람들의 밥상에 가장 많이 오르는 '장'류를 하나도 사용하지 않고도 맛있는 음식들을 뚝딱 만들어 밥상에 올려 주셨다.

그해 겨울은 배추가 유난히 달고 맛있었다. 저요오드식 하기 전 마지막 만찬도 '배추전'으로 했었다. 아삭하고 달콤한 배추. 평소 배추김치 이외에는 배추를 잘 먹지 않았는데, 그제야 배추의 매력을 알게 되었다. 저요오드식이 시작되고도 배추는 나에게 훌륭한 식재료였고 제일 맛있게 먹었던 음식이 바로 '배춧국'이었다. 신지로이드 중단에 따른 부작용으로 입맛을 잃어버린 내가 밥 한 그릇 뚝딱 먹을 수 있게 만든 음식이다.

보통 국을 끓이려면 '육수'가 필요하다. 다시마나 멸치를 잘 사용하는데 둘 다 저요오드식 기간 동안은 '금지' 된 식재료다. 대신 버섯을 우려 버섯 향이 가득한 육수를 내고, 그 육수에 배추를 넣어 다진 마늘과 무요오드 소금으로 심심하게 간을 한다. 거기에 고춧가루와 땡초로 칼칼한 맛을 더해 끓여내면 맛있는 배춧국이 완성된다.

배추는 배춧국뿐만 아니라 겉절이로도 훌륭한데 '김치'를 먹지 못하는 저요오드식 기간 동안 김치를 대용할 겉절이를 만드는 데 사용된다. 배추를 무요오드 소금에 살짝 절여 젓갈을 사용하지 않고 무쳐낸 겉절이. 사과를 함께 넣고 버부린 겉절이를 먹으면서 김치 생각을 이겨낼 수 있었다.

저요오드식 기간이라도 평소와 똑같은 레시피로 만들어 먹을 수 있는 반찬들이 바로 각종 '나물'들이다. 나는 '무 나물'과 '시금치 나물'을 주로 먹었는데 나물에 간을 할 때만 일반 소금 대신 무요오드 소금을 사용하면 평소와 똑같은 맛의 나물을 만들어 먹을 수 있다. 물론 각종 나물에 고추장 한 스푼 넣고 슥슥 비벼 먹는 비빔밥은 먹을 수 없지만 나물들 역시 2

주 동안 먹을 수 있는 소중한 음식들이었다.

나는 육류를 아주 좋아한다. 다행히 저요오드식 기간 동안 고기 섭취를 하지 말라고는 하지 않는다. 대신 많이 먹지 말고 하루에 150g 이하의 소량만 섭취하라고 한다. 150g이면 1인분 정도의 양이다. 보통 고깃집에 가면 2명에서 3인분, 3명에서 5인분을 '기본'으로 생각하는 나에게는 적은 양이지만 저요오드식 기간 동안 떨어진 기력을 회복하는 데는 고기가 유용했다.

하지만 고기를 먹을 때 꼭 필요한 '쌈장'은 먹을 수가 없다. 대신 참기름에 후추와 무요오드 소금을 넣은 '기름장'으로만 고기를 먹어야 한다. 이렇게 먹다 보니 150g만 먹어도 고기를 충분히 먹은 느낌이 들었다. 역시 고기 먹을 때는 쌈장이 있어야 한다.

저요오드식... 마지막 일주일이 고비

저요오드식을 시작하고 처음 일주일 정도는 평소와 다름없이 밥 잘 먹고 특별한 이상 증세도 나타나지 않았다. 아무래도 테트로닌 복용까지 중단한 게 일주일밖에 지나지 않아서 그런 것 같다. 저요오드식을 시작하고 마지막 일주일이 남았을 때가 고비다. 사람마다 차이는 있다고들 하는데 나에겐 마지막 일주일을 남겨두고 신지로이드 중단에 따른 부작용이 밀려왔다.

술을 왕창 마신 다음 날 하루 종일 속이 울렁거리고 어떤 음식을 먹어도 토할 것만 같은 느낌. 그런 상태가 지속된다. 술을 마셔서 속이 안 좋은 거라면 얼큰한 해장국이라도 먹어서 속을 달랠 텐데 내가 먹을 수 있는 음식으로는 그럴 수가 없다. 그래서 배고파지는 것조차도 괴로웠다. 배고파서 음식을 먹으려고 하면 속이 울렁거리니까.

당시 운영하던 블로그에 저요오드식 식단을 포스팅했었는데 많은 갑상선암 환우와 가족들이 찾아와서 나와 똑같은 고민을 털어 놓았다. 20대에 암 진단을 받아서 어쩔 줄 몰라하시던 분, 젊은 새댁이 남편의 갑상선암으로 저요오드식을 준비해야 하는데 레시피 더 올려 달라고 하시던 분, 나와 마찬가지로 저요오드식을 앞두고 뭘 먹어야 할지 도통 모르겠다고 하시던 분들까지 우리 어머니의 레시피가 조금이나마 도움이 되었을 거라 생각한다.

저요오드식이 끝나면 병원에 다시 입원을 해야 한다. 2013년 12월 30일 병원 격리실에 입원해서 2박 3일간 혼자 외로운 싸움을 하고 2014년 1월 1일 퇴원 예정이다. 말끔히 치료된 몸으로 새해를 맞이 할 수 있을 테다. 닭의 목을 비틀어도 아침은 온다고 했던가... 하루 하루가 괴로웠던 저요오드식 기간도 어느새 끝이 나고 방사성 요오드 치료를 받기 위해 병원에 입원해야 하는 날이 다가 왔다.

격리 병실 안을 가득 채운

내 심장 소리

2013년 12월 29일. 방사성 요오드 치료를 위한 입원을 하루 앞두고 있다. 4주간 신지로이드 복용을 중단하고 최근 2주간은 저요오드식을 해왔다. 그동안 신지로이드 중단 부작용에 시달리며 힘들어했는데 이제 2박 3일간의 입원만 잘 견디면 건강한 몸으로 새해를 맞이할 수 있다.

방사성 요오드 치료를 위해 신지로이드 복용을 중단하면 평소보다 피로를 더 잘 느낀다. 그리고 빈혈, 소화불량, 울렁거림 등의 부작용이 발생하는데, 부작용이 생기면 아무것도 하기 싫고 무기력해진다. 그냥 하루 종일 누워만 있고 싶다. 그렇게 했다가는 체력이 더 떨어질 게 분명하고 방사성 요오드 치료 시 체력이 저하돼 더 힘들어질 거라고 생각해 힘들어도 평소 하던 운동을 하루도 거르지 않았다.

신지로이드 복용을 중단한 지 24일째 되던 날도 평소와 똑같이 야외 운동을 나갔다. 이날은 크리스마스였고 한 겨울인데도 유난히 따뜻한 날들이 이어졌다. 낮에는 기온이 10도 내외여서 야외 운동을 하기에 무리가 없는 날씨였다. 수술을 받고 퇴원을 한 뒤 주말을 제외한 평일에는 하루도 거르지 않고 운동을 했다. 격일로 하루는 등산, 하루는 공원 산보를 했다. 신지로이드 복용 중단을 한 뒤로는 무리한 등산은 하지 않고 평지인 공원 산보만 했다.

집에서 나와 빠른 걸음으로 동네에 있는 공원을 걷고 돌아오면 약 1시간이 걸린다. 이날도 공원 끝에서 가벼운 스트레칭을 한 다음 집으로 가기 위해 발길을 돌렸다. 집으로 오기 시작한 지 10여 분이 지났을 무렵 갑자기 빈혈이 찾아왔다. 지금까지 이렇게 심한 빈혈이 온 적은 없었는데 온

몸에서 힘이 쭉 빠지고 다리마저 후들거렸다. 아직 집까지는 빠른 걸음으로도 20여분을 더 걸어 가야 하는데... 도저히 걸을 수 없어 공원 벤치에 주저앉았다.

온몸에서 식은땀이 흘러내렸다. 몇 달간 꾸준히 운동을 해온 터라 이제는 뒷산 약수터까지도 쉬지 않고 단번에 올라갈 정도의 체력이 되었는데 이렇게 한순간에 의지로 컨트롤할 수 없는 몸 상태가 되어 버리다니. 운동 나올 때 지갑도 가지고 나오지 않은 터라 택시를 타고 집으로 갈 수도 없기에 걸어서 돌아가야만 하는 상황이었다. 어쩔 수 없이 숨을 고르며 빈혈이 사라지기까지 기다려야 했다. 다행히 잠시 뒤 조금씩 회복되었고 살살 걸어서 집에 무사히 돌아올 수 있었다.

행복한 연말 연시... 나에게는 먼 나라 이야기

TV를 켜면 연말 시상식이다 뭐다 해서 온통 잔치 분위기고 사람들은 연말 연시 송년회 모임을 하면서 이 시즌을 즐기고 있다. 하지만 나에게는 먼 나라 이야기일 뿐. 크리스마스엔 운동하다 빈혈로 큰 일이 날 뻔했고 연말 회식은커녕 좋아하는 '김치찌개'도 못 먹고 지냈다. 그리고 2013년의 마지막 날 밤은 외로운 독방 격리실에서 병마와 싸우며 홀로 보내야 한다. 그 덕에 2014년 나의 신년 계획은 '일상생활'이 되었다.

방사성 요오드 치료를 위해선 4주간 신지로이드 복용을 중단하고 2주간 저요오드식을 한 뒤 복용 용량에 따라 병원에서 치료약을 먹고 돌아가 거나 격리실에 입원을 해야 한다. 나는 종양의 크기가 3cm로 큰 편이었 고 림프절 전이가 발견되었기 때문에 고용량 캡슐인 150 mci를 복용해야 했다. 고용량이니까 당연히 입원은 필수다.

캡슐을 복용하면 내 몸에 들어온 방사성 요오드 성분이 내 몸에 남은 갑 상선 정상세포와 암세포를 모두 파괴하기 시작한다. 갑상선이라는 장기가 '요오드'라는 성분을 좋아하기 때문에 2주 동안 요오드 성분을 가능한 먹 지 않았다가 일반 요오드와 '동위원소'인 방사성 요오드를 몸에 투여해 갑 상선 세포들이 그 방사성 요오드를 흡수해 파괴하도록 하는 것이다.

그런데 요오드를 좋아하는 건 갑상선뿐만 아니다. '침샘'도 요오드를 좋 아한다고 한다. 그래서 방사성 요오드 캡슐을 복용하면 침샘이 함께 파괴 되는 부작용이 생길 수가 있다. 침샘 파괴를 막기 위해서는 계속해서 침 분비가 활성화되도록 해주어야 한다. 그래서 방사성 요오드 치료를 위해 입원할 때 필요한 필수 준비물에는 '신 맛 나는 캔디'가 포함되어 있다.

평소 캔디를 즐기지 않는 나인데 마트에 가서 온갖 종류의 캔디들을 구 매했다. 아마 평생 먹을 분량의 캔디를 이날 한 번에 산 기분이다. 집으로 돌아와 겉껍질을 모두 뜯어 알맹이들만 가지고 가기 좋게 따로 포장을 했 다.

방사성 요오드 캡슐을 복용하고 나면 내 몸은 말 그대로 방사능에 노출 된 거나 마찬가지다. 내 몸에서 나오는 소변, 침, 땀을 비롯한 모든 곳에서 방사능 측정이 된다. 격리실에 입원하는 이유가 다른 사람들의 방사능 피폭 피해를 없애기 위해서다. 병원에 입원하면 의사와 간호사들도 병실에 달린 인터폰으로만 대화하고 대면하지 않는다.

방사성 요오드 캡슐을 복용하고 나면 몸에 들어온 방사능 물질을 빨리 몸 밖으로 내보내기 위해서 하루에 3리터가량의 물을 마셔야 한다. 빨리 소변으로 배출하기 위해서다. 물과 음료는 내일 병원에 입원할 때 병원에 있는 매점에서 구매하기로 했다.

손수레 위에 올려진 납 덩어리

2013년 12월 30일. 드디어 방사성 요오드 치료를 위해 병원에 갔다. 점심까지 먹고 오후에 입원 수속을 한 뒤 병실로 들어갔다. 격리 병실은 수술 시 입원했던 본관 8층에 함께 있는데 다른 병실과 떨어진 구석에 별도로 마련되어 있다. '긍정의 신'으로 거듭나기로 한 나는 대학병원 1인실에서 2박 3일간 편하게 요양한다고 생각하기로 했다. 1인실이지만 병원비는 '일반 병실' 값이니 좋은 기회라고 말이다.

입원 수속을 하고 8층 간호사실에 가면 수술하기 위해 입원했을 때와 마찬가지로 낙상 예방교육을 받는다. 그리고 간략하게 입원 계획표를 주면서 설명을 듣는다. 지난번에 핵의학과 외래 때도 교육을 들었고 다른 환우들의 후기를 찾아보면서도 책에서도 수없이 많이 듣고 보고 공부해 온 터라 지겹기까지 했다. 역시 병에 걸리면 그 병에 대해서는 자연스럽게 '

박사'가 된다.

오후 4시쯤 되었을까? 의사가 손수레를 끌고 병실로 들어 온다. 그 손수레 위에는 호리병처럼 생긴 납 덩어리가 올려져 있다. 방사능이 피폭되지 않도록 차폐한 거다. 의사는 플라스틱 빨대 같이 생긴 파이프를 손에 들려주고 약을 먹는 방법을 설명해준다. 자신이 나가서 인터폰으로 말을 걸면 그때 약병 뚜껑을 열라고 했다.

이렇게 갑상선암과의 나의 두 번째 사투는 시작되었다. 수레에 올려진 무거운 납덩어리 약병을 가만히 바라보는데 심장이 쿵쾅거렸다. 얼마나 크게 뛰었는지 내 심장 소리가 온 병실 안에 가득 찬 것만 같았다.

한 해 마지막 날,

독방에 갇혀 죽과 생수로 버티다

새해를 이틀 앞두고 있던 2013년 12월 30일. 사람들은 연말 연시 분위기에 흠뻑 취해 거리를 누볐다. 연말 특집 방송으로 모두가 즐거워 보이는 그 날, 나는 방사성 요오드 치료를 받기 위해 병원에 입원했다.

방사성 요오드 치료를 받기 위해서는 별도로 마련된 격리 병실에 있어야 한다. 최근 갑상선암 환자들이 크게 증가하면서 방사성 요오드 치료가 필요한 사람이 많아졌는데 수술과 달리 방사성 요오드 치료는 격리 병실이 별도로 마련된 병원에서만 할 수 있다. 그렇기 때문에 작은 중소 병원에서 수술받은 환자들도 방사성 요오드 치료를 받기 위해 격리 병실이 마련된 큰 병원으로 원정을 온다. 그 덕에 이 병실은 항상 만원이라 짧게는 3개월에서 길게는 6개월 이상 기다려야 하기도 한다.

"자, 약병 뚜껑을 여세요~" 이것이 고생의 시작이었다

내가 치료받은 대학병원도 부산, 경남권역에서는 손가락에 꼽힐 정도로 유명한 큰 병원이었지만 방사성 요오드 치료를 위한 격리 병실은 딱 2실이 있었다. 병실은 본관 8층에 있는 일반 병실과는 좀 동떨어진 구석에 있다. 병실 안으로 들어갔는데 지난번 수술을 받으면서 입원해 있었던 2인실보다 넓은 공간에 침대 하나가 놓여 있었다.

이동실 테이블 하나와 작은 옷장, TV와 냉장고가 있었고 화장실도 병실 안에 별도로 마련돼 있었다. 병실 천장에는 돔형 카메라가 설치돼 있어

의사와 간호사들이 병실 안을 항상 지켜볼 수 있게 돼 있었다. 방사성 요오드 캡슐을 복용하고 나면 대면이 불가해 CCTV로 보면서 인터폰으로 지시를 내려야 해서 그렇다고 한다. 때문에 옷을 갈아 입거나 개인 프라이버시가 필요할 땐 화장실 안으로 들어가서 해결해야 했다.

방사성 요오드 캡슐은 점심을 거른 공복 상태에서 오후 4시쯤 복용한다. 30분 전 의사가 병실로 들어와 약 먹는 방법을 교육해 주는데 약을 가져오는 모습이 아주 인상적이다. 고용량의 방사능 캡슐이다 보니 피폭 피해가 발생하지 않도록 무거운 납으로 된 약병을 손수레에 싣고 들어 온다. 여기서 일하는 사람들은 혹시라도 모를 방사능 피폭 피해가 없기 위해 이렇게 조심을 하는데 나는 저 약을 입에 넣고 삼켜야 한다.

약을 먹는 방법은 손에 쥐어준 플라스틱 막대로 노란색 캡슐을 집어 들어 입에 넣고 삼키면 된다. 의사가 병실 밖으로 나가서 인터폰으로 설명해 주는데 나는 카메라 잘 보이는 곳에 서서 의사의 목소리를 잘 듣기 위해 집중했다.

"자 이제 약병 뚜껑을 여세요~ 뚜껑이 열리면 그 구멍 안으로 플라스틱 막대를 넣고 시계 방향으로 한 바퀴 돌립니다. 그 다음 천천히 들어 올리면 플라스틱 막대 안에 약이 들어 있을 거예요. 옆에 놔둔 물 잔을 왼손에 들고 빨대 안에 든 약을 입에 넣고 물 마셔서 삼키세요~"

물과 함께 알약을 삼키다 보니 약에서 별다른 맛이 나진 않았다. 약을 먹고 나면 복용한 방사성 요오드가 몸에 잘 흡수 되도록 1시간 동안 병실 안에서 계속 움직이며 운동을 해야 한다. 운동을 하기 위해 병실 안에 히터를 끄고 창문을 열었다. 그리고 좁은 병실안을 계속 걸었다. 수술하고 3개월이 넘도록 매일 4km 이상 걸었기 때문에 내게 가장 익숙한 운동은 걷는 거다. 좁은 병실 안을 걷기 시작한 지 1시간이 지나면 인터폰이 울린다.

"병실 문 열고 나오시면 문 앞에 구토방지제 가져다 놨습니다. 드세요~"

그 말을 듣는 순간 생각했다. '아... 이제 올 것이 오는구나' 구토 방지제 한 알을 먹고 1시간이 더 지나면 저녁 식사가 나온다. 점심을 걸러 배가 고파 그런지 저요오드식의 병원밥 이었는데도 맛있게 싹싹 긁어 먹었다. 하지만 그 식사가 입원한 내도록 먹은 마지막 식사였다. 입원 기간은 물론 이거니와 퇴원을 하고도 며칠간 소화 불량과 극심한 변비, 미각까지 상실해 식사를 제대로 하지 못했다.

방사성 요오드 치료... 고생이 이만저만

저녁 식사를 마치고 나서부터는 냉동실에 있는 얼음으로 침샘에 찜질을 해줘야 한다. 가져온 사탕과 껌을 먹으면서 침 분비가 쉬지 않도록 해야 침샘 파괴를 막을 수 있다. 평소 사탕을 좋아하는 사람도 3일 동안 계속해서 먹으면 입에 단내가 나서 못 먹을 거다. 나는 사탕을 좋아하지도 않는데 계속 먹고 있으니 안 그래도 소화 불량으로 속이 더부룩한데 더 구토가 나올 것만 같았다.

입원하기 전 나보다 먼저 방사성 요오드 치료를 받아본 사람들의 후기를 꼼꼼히 읽어보면서 노하우를 배웠다. 사탕을 많이 먹어 힘들다는 사람들이 사탕 대신 과일을 먹었단다. 새콤한 과일을 먹으면서 침이 계속 나오도록 했다는 거다. 아무래도 과일이 사탕보다는 당분 섭취가 적고 수분도 많아 덜 질린다. 그 글을 보고 나 역시 귤을 비롯한 다른 과일도 준비해 갔는데 계속된 울렁거림과 소화 불량으로 과일도 먹기 힘든 건 마찬가지였다.

그보다 더 힘든 건 계속 물을 마셔야 한다는 것이다. 생수 2L 2병과 이온음료 1.5L 2병을 퇴원하기 전까지 다 마셔야 한다. 3일에 7L면 별로 많지 않다고 생각할지도 모르지만, 첫째 날 저녁부터 마시기 시작해서 3일째 날 아침에 퇴원을 하니 입원 시간으로는 하루 반나절 정도다. 그 안에 물 7L를 다 마시는 거다. 물을 많이 마시면 몸에 좋다고들 알고 있지만, 이렇게 물을 많이 마시는 게 얼마나 괴로운 일인지 겪어보지 않은 사람은 모른다.

이온 음료도 함께 가져가는 이유는 맹물을 계속 마시면 물 비린내가 나

구토가 나오기 때문이다. 그럴 때 이온 음료를 마시면 조금 진정이 된다. 물을 이렇게 많이 마시는 이유는 소변을 통해 몸에 들어온 방사능을 빨리 배출하기 위해서다. 물을 많이 마셔야 소변을 자주 볼 수 있고 소변을 자주 봐야 몸에 들어온 방사능이 빨리 빠져 나간다. 그래야 피폭 피해를 줄일 수 있다.

방사성 요오드 치료를 위해 입원한 2박 3일간 신지로이드 중단과 방사성 요오드 캡슐 복용에 따른 부작용으로 소화불량, 구토, 변비에 시달렸다. 속이 계속 안 좋은데도 물을 억지로 계속 마셔야 한다. 그 덕에 밤이고 낮이고 10분에 한 번씩 화장실을 들락거렸다. 밤새 화장실 들락거리느라 잠을 잘 수가 없었다.

속이 울렁거리고 소화가 안 되는데도 식사 시간은 계속 돌아왔다. 나는 밥 대신 죽을 먹었는데 매번 반도 먹지 못하고 내놨다. 속이 이렇게 꽉 찬 느낌인데도 배변 활동은 멈춰버렸다. 평소 너무 좋은 장 기능 덕에 때와 장소를 가리지 않고 볼일을 잘 보는 게 자랑인 나였는데...약 부작용으로 변비약을 먹어도 화장실을 갈 수 없었다. 이 또한 난생 처음 해보는 경험이었다. 변비 심한 사람들의 고충을 알게 됐다.

밤에 잠을 못 자고 많은 부작용에 시달렸더니 결국 이틀째 되는 날 몸살까지 걸렸다. 병실에 틀어놓은 TV에서는 아이돌 그룹이 신나게 노래하고 춤을 추고 있었지만, 나는 전혀 집중이 되지 않았다. 이 시간쯤이면 몇몇 사람들은 제야의 종소리를 듣겠다고 신나게 용두산 공원으로 향하고 있을 테다. 하지만 나는 불편한 속을 붙잡고 종일 호박죽 한 그릇과 생수로 버티며 아무도 없는 독방에 갇혀 집에 갈 시간만 손꼽아 세고 있었다.

갑상선암은 암도 아니다?
안 걸려 본 사람은 몰라

2014년 1월 1일 새해가 밝았다. 드디어 지옥 같던 2박 3일을 보내고 집으로 돌아가는 날이다. 제야의 종소리도 듣지 못했고 새해 일출도 보지 못했지만, 2박 3일간 혼자 외로운 사투를 벌이던 병실의 창문 밖에서 불어 들어오는 기분 좋은 겨울 바람이 새해가 밝았음을 알려 주었다.

밤새 화장실을 들락거리느라 잠도 못 자고 뜬 눈으로 밤을 지새웠다. 기운이 없어 멍하니 앉아 있는데 병실 전화기가 울렸다. 전화기 너머로 '핵의학과' 교수님의 목소리가 들렸다.

"고생 많으셨고 퇴원하시면 됩니다. 오늘은 휴일이라 퇴원 수속을 하려면 본관 지하 1층 응급실 옆에 있는 수납 창구로 가서 수납하시고 퇴원 수속 밟으세요."

퇴원해도 된다는 전화였다. 얼마나 반갑던지 환자복을 입은 채로 지하로 뛰어 내려갔다. 병원비 정산을 하고 병실로 돌아와 옷을 갈아입고 짐을 챙겼다. 여전히 속은 울렁거리고 더부룩했지만 집으로 돌아간다는 사실에 기뻐 잠시 잊을 수 있었다.

새해 첫날 이렇게 퇴원을 해서 집으로 돌아간다는 사실이 더 의미 있게 느껴졌다. 안 좋았던 기억들을 지난해와 함께 말끔히 털어 버릴 수 있을 것만 같았다. 2014년 내 새해 소망인 '일상생활'을 할 수 있을 거라는 기대감에 설레었다.

2박 3일 만에 퇴원을 하지만 내 몸에서 방사능이 모두 배출된 것은 아니다. 집으로 돌아가서도 가족들과 며칠간은 대면하지 않고 지내야 한다. 여전히 땀이나 분비물에 방사능이 배출되기 때문에 화장실을 사용하고 나면 깨끗이 청소를 하고 나와야 하고, 소변을 볼 때도 혹시라도 주변으로 튈지 몰라 앉아서 봐야 한다. 갈아 입은 옷도 다른 가족들의 옷과 함께 빨아서도 안되고 식기류 역시 함께 접촉하지 않아야 한다.

특히나 어린아이가 있는 집에서는 더 위험하다. 그래서 많은 사람들이 방사성 요오드 치료를 받고 나면 집이 아니라 방사성 요오드 치료자들을 받아주는 요양병원을 찾아서 다시 입원하기도 한다. 결혼을 한 사람들이라면 부부관계도 6개월간은 임신이 되지 않도록 조심해야 한다. 방사능으로 인한 기형아 출산율이 높다고 했다. 다행히 나는 아직 미혼에 아이도 없고 어머니와 단둘이 살고 있었기 때문에 며칠간 방에서만 생활하기로 하고 집으로 갔다.

'맛없는 파닭'에서 감동을 느꼈다

수요일 아침에 퇴원을 했다. 그리고 다음주 월요일 아침에 방사성 요오드 치료에 대한 확인검사가 예약되어 있다. 그 사이 약 일주일의 시간 동안 병원이 아닌 집에 갇혀서 두 번째 외로운 사투가 시작됐다.

퇴원을 하고 나서도 몸 컨디션은 여전히 좋지 않았다. 저요오드식을 하면서 먹고 싶었던 음식이 최소 100가지는 넘었던 것 같은데, 퇴원하면 왕창 먹어버릴 것이라는 다짐도 잊은 채 식욕이 뚝 떨어져 있었다. 여전히 소화는 안 되었고 먹기 싫은 물도 계속 마셔야 했다. 방 안에 틀어박힌 채 꼼짝 못하고 괴로워하는 나를 보는 어머니는 안절부절못하셨다.

소화가 계속 안 돼 식사를 계속 걸렀다. 가끔 뭘 조금씩 먹어도 미각이 상실된 건지 제대로 맛이 느껴지지 않았다. 70대이신 어머니에게 '밥'이란 젊은 세대들에게 '한 끼 정도는 굶어도 되는' 정도의 의미가 아니다. 어렵고 먹을 것이 없던 시절에 자라 오신 터라 끼니 때 밥을 안 먹는다고 하는 건 있을 수 없는 일이다. 나는 소화가 안 되고 구토가 날 것 같아 괴로운데, 식사 때가 되어도 밥을 먹지 않는 나를 가만히 두지 못하셨다.

어머니는 30분에 한 번씩 방문을 두드리면서 밥 안 먹을 거냐고 물으셨다. 그런 어머니께 '힘드니 제발 좀 내버려 달라'고 짜증을 내며 소리쳤다. 아마 힘들어하는 아들을 옆에서 바라보면서 해줄 것이 없는 미안한 마음을 따뜻한 밥상으로 표현하고 싶으신 거였다고 생각한다.

그렇게 끝날 것 같지 않던 부작용들은 시간이 지나면서 조금씩 괜찮아져 갔다. 3일쯤 지났을 무렵에 '배고프다'라는 생각이 들었다. 소화불량이 괜찮아진 거다. 여전히 미각은 정상으로 돌아오지 않았지만 뭔가 맛있는 음식이 먹고 싶었다. 하지만 아직 방안에서 나갈 수 없으니 마땅히 먹을 수 있는 게 없었다. 그러다 스마트폰을 열어 배달음식 어플을 켜고 '파닭'을 주문했다. 거의 3주 만에 처음으로 먹는 '사제 음식'이었다.

미각이 아직 다 돌아오지 않아 그렇게 맛있게 느끼지는 못했지만 먹고 싶은 음식을 마음껏 먹을 수 있다는 사실에 감동이 밀려왔다. 평소에는 느낄 수 없던 '작은 것에 대한 감동'이 얼마나 소중한 것인지 깨달았다.

마지막이라 생각하고 버텨온 지난 한 달... 그런데 또?

그렇게 시간은 흘러 병원에 가는 날이 되었다. 아침 8시에 '전신 스캔' 검사가 예약되어 있었기 때문에 일찍 서둘러 병원으로 갔다. 지하에 있는 핵의학과로 내려가 스캔 검사받으러 왔다고 말하니 안쪽 검사실 앞에서 대기하라고 했다. 방사성 요오드 치료로 입원을 했을 때 내 옆방에 입원했던 아저씨도 오늘 스캔 검사를 하러 오셨다. 나는 부작용 때문에 힘들었던 걸 이야기하니 아저씨는 별 부작용이 없었다고 하셨다. 사람마다 다르다는 건 알고 있었지만 무리 없이 끝났다는 말씀에 조금은 부러웠다.

검사용 가운으로 갈아 입고 스캔 장비 위에 누웠다. 전신 스캔 장비는 수술 전 CT 찍을 때 장비와 비슷하게 생겼다. 5분도 채 되기 전에 검사가 끝났던 CT촬영과 달리 전신 스캔은 30분 정도의 검사 시간이 걸렸다. 눈을 감고 편안하게 누워 있으면 아무런 느낌 없이 검사가 끝난다.

검사를 마치고 진료실 앞에 앉아 대기를 하고 있으니 핵의학과 교수님이 출근을 했다. 내 이름이 불려지고 진료실에 들어가 앉았다. 한쪽 모니터에는 내 전신 스캔 사진이 띄워져 있었다. 연한 회색의 희미한 사람 형상이 보이고 곳곳에 검은색 원형들이 보였다. 검은색으로 보이는 곳이 '방사성 요오드'가 집중되어 있는 곳이라고 했다.

수술 부위 근처에 가장 진한 검은색 원형 2개가 있었는데, 그 부분이 내 몸에 남은 갑상선 세포라고 한다. 6개월 뒤 다시 전신 스캔을 했을 때 이 검은색 원형이 없어져야 치료가 잘 된 거란다.

교수님의 이야기를 가만히 듣고 보니 6개월 뒤에 다시 전신 스캔을 하려면 방사성 요오드 치료 전의 과정을 다시 겪어야 한다는 거였다. 방사성 요오드 용량은 '검사용'으로 아주 약한걸 복용한다지만, 신지로이드 복용 중단과 저요오드식은 똑같이 해야 한다. 그 말을 듣는 순간 머릿속에는 지난 한 달간의 지옥 같은 시간들이 주마등처럼 스쳐 지나갔다. 마지막이라고 생각하며 이 악물고 버텨온 지난 한 달이 허무해지는 순간이었다.

갑상선암 치료 후유증,

3개월이 지나니 달라졌다

방사성 요오드 캡슐을 복용한 지 19일이 지났다. 처음 캡슐을 복용하고 2박 3일 입원기간을 포함해 일주일 동안은 계속된 후유증으로 힘들었었다. 오심 구토, 소화불량, 변비는 기본에 침샘에 영향을 받아서 그런지 음식을 먹어도 맛이 잘 느껴지지 않았다. 그리고 땀샘을 통해 방사능이 배출되어서 그런지 손등 피부에 이상 증상이 생겼다. 땀샘이 추위에 살이 트고 갈라졌다가 아물 때 딱지가 생기는 것 마냥 변해 버렸다.

일주일이 지나고 2주차에 접어 들어서는 오심 구토와 소화불량, 변비는 어느 정도 개선이 되었는데 여전히 미각은 둔했고 피부 상태도 정상으로 돌아오지 않았다. 그리고 방사성 요오드 치료의 효과인지 전신 스캔했을 때 검은색 원형 2개가 집중되어 있던 곳의 피부속을 바늘로 찌르는 듯한 통증이 생기곤 했다.

입원 이틀째날부터 다시 신지로이드를 매일 복용하고 있기 때문에 신지로이드 중단에 따른 부작용들은 일주일이 지나고 거의 사라졌다. 체력도 다시 올라와 매일 1시간씩 꾸준히 운동을 할 수 있었다. 이제 미각과 피부 상태만 정상으로 돌아오면 방사성 요오드 치료 전의 몸 상태로 돌아갈 수 있다.

나의 잃어버린 미각 찾기 프로젝트

방사성 요오드 치료를 받고 제일 처음으로 먹었던 '사제 음식'은 내 방

안에 갇혀서 배달시켜 먹었던 '파닭'이었다. 그 집 파닭은 배달음식을 잘 시켜 먹지 않는 우리 집에서 가끔 치킨을 시킬 때면 꼭 주문하는 집이다. 동네에서는 아주 오랫동안 영업을 해온 집이라 치킨이 참 맛있다. 그렇게 맛있는 치킨도 미각의 상실로 인해 '맛없게' 먹어야 했다.

시간이 지나 바깥 생활을 정상적으로 할 수 있기 시작하면서부터 나는 '잃어버린 미각 찾기' 프로젝트에 돌입했다. 그때부터 양념 맛이 진한 음식들을 계속 찾아 먹었다. 진한 양념으로 침샘에 자극을 주어 미각이 돌아오도록 할 계획인 것이다. 딱히 의사의 가이드나 처방을 받은 것은 아니었다.

침샘이 영향을 받은 건 분명한 사실이고 입원 기간 동안도 침샘이 마르게 하지 말라고 사탕을 계속 먹게 했으니, 지금도 침샘이 더 활발하게 활동하도록 하면 미각이 더 빨리 돌아올 거라는 생각이다. 불닭, 석쇠주꾸미, 아귀찜, 불짬뽕, 부대찌개 등 양념이 진한 음식들을 계속 먹었다. 그래서 그런 건지 시간이 지나 자연히 좋아진 건지는 알 수 없으나 신기하게도 다시 미각이 돌아오기 시작했다.

미각이 돌아올 무렵 손등에 생겼던 피부의 이상 증상도 차차 개선되었다. 그걸 보면 아마도 괜찮아질 때가 되어서 미각이 돌아온 것이겠지만 분명 나의 노력에도 일정 부분 효과가 있었을 것이라고 생각한다.

수술 후 3개월, 피부 감각이 돌아왔다

최근 한 달하고도 보름간을 방사성 요오드 치료를 받고 회복하느라 수술했던 부위의 흉터에 신경을 쓰지 못하고 살았다. 오랜만에 흉터에 붙여 놓은 '메피폼'을 교체할 때가 되어 붙어있는 메피폼을 떼어 내고 거울 앞에 섰다. 2013년 10월 22일에 수술을 받고 지금이 2014년 1월 중순이니 3개월이 다 되어 간다. 3개월이라는 시간만큼 내 흉터 또한 처음보다 많이 희미해져 있었다.

수술 흉터의 봉합을 꿰매지 않고 '의료용 본드'로 해서 그런지 흉터부위 피부가 바깥으로 돌출된 부분 없이 매끈하다. 피부 색깔만 원래 피부색으로 돌아오면 수술받았는지도 모를 것 같은 느낌이다. 가로 10cm, 세로 5cm가량의 메피폼 한 장의 가격이 10만 원이나 하는데 비싼 메피폼 덕인지도 모르겠다. 메피폼 말고 연고 타입의 흉터 치료제도 있는데 아무래도 발라 놓고 옷을 입고 있으니 옷에 닦여 버리기 일쑤라 잘 사용하지 않았다.

수술을 받고 나면 수술을 한 목 부위에 피부 감각이 없다. 감각이 없다는 표현보다는 목욕할 때 때 타월로 한 부위만 집중적으로 계속 밀고 나면 한동안 피부가 너무 예민해져서 만지면 감각이 없는 것처럼 느껴지는데 그와 비슷한 느낌이다.

이 또한 시간이 지나면 괜찮아질 거라고 생각하면서 기다렸는데 역시 3개월가량 지난 지금 조금씩 감각이 돌아오고 있다. 메피폼을 한 번 잘라서 붙여 놓으면 약 일주일에 한 번씩 교체하는데 어느 날인가 메피폼 교체를 하면서 피부에 감각이 돌아오고 있다는 걸 느꼈다.

지난해 가을. 추석 연휴 전에 건강검진을 받고 처음으로 갑상선에 종양을 발견했다. 갑작스러운 결과에 놀랐지만 곧 치료를 받기 시작했고 어느 새 시간은 흘러 몇 주 뒤면 설날 연휴다. 이제 설날 연휴가 지나면 3개월 이 넘는 시간 동안 병가를 냈던 직장으로 복귀할 계획이다. 이렇게 끝나지 않을 것만 같던 시간도 긍정적인 생각을 가지고 잘 견디다 보면 결국 웃을 날이 오게 마련인 것 같다. 나의 신년 계획인 '일상생활'을 할 시간이 점 점 다가오고 있다.

암으로 고통받은 3개월,

나만의 유반을 내다

갑상선암 수술과 방사성 요오드 치료를 받기 위해 3개월 남짓한 기간 동안 직장에 병가를 냈다. 어느덧 시간은 흘러 끝나지 않을 것만 같았던 병가도 끝났고 직장으로 복귀했다. 병가를 내고 쉼으로 인해서 직장에서 받을 수 있는 '불이익'을 걱정해 내 자신의 건강을 뒷전으로 생각했던 내 자신이 얼마나 한심스러웠는가를 절실히 깨닫게 해 준 지난 3개월이었다.

매달 21일이면 통장에 꽂히던 월급에 차질이 생겼고 한 해 동안 열심히 해온 나의 성과도 병가를 냄으로 인해서 도루묵이 되어 버렸다. 하지만 지난 3개월이라는 시간은 그 현실적인 손해가 하나도 아깝지 않을 만큼 소중한 시간이었다. 아마 갑상선암이라는 이 병을 경험하지 않았더라면 나는 아직도 내 인생의 소중함을 깨닫지 못하고 매일 똑같은 삶을 살며 현실에 안주하고 있었을지 모른다.

투병일기를 쓰려고 시작한 블로그가 새로운 기회를 가져다 주었다.

갑상선암을 겪으면서 시작하게 된 블로그. 이 블로그라는 매체를 통해 세상의 다양한 사람들의 삶을 간접경험하게 되었고 평소 '직장'이라는 틀 안에 갇혀 살아온 나에게 더 넓은 세상을 알게 해주었다. 〈블로그로 꿈을 이루는 법〉이라는 책에 나오는 말처럼 자신을 꿈을 매일 기록하고 또 기록하다 보면 어느샌가 나의 꿈을 향해 한 발짝 가까워진 모습을 발견할 수 있다.

무언가 목표가 있고 그 목표를 이루리라는 다짐을 블로그에 쓰면 그 기록은 계속해서 남는다. 중간에 귀찮아져 포기하고 싶을 때 내가 써 놓았던 그 기록을 다시 꺼내 읽으면서 '초심'을 다 잡는데 도움이 된다. 그리고 자연스럽게 나와 비슷한 관심사가 있는 사람들과의 교류도 생겨나게 되고 그로 인해 새로운 기회가 생겨난다.

블로그에 써 놓은 갑상선암 투병기를 읽고 모 방송국 작가에게서 한통의 메일을 받았다. 매주 진행하는 생활정보 프로그램에서 '갑상선암'을 주제로 방송을 만들게 되었는데 그 프로그램에 출연해 달라는 섭외 메일이었다. 이 섭외 메일을 늦게 확인하는 바람에 기회는 다른 사람에게 넘어갔지만 이런 연락이 온 것 자체만으로도 신기했고 블로그의 힘에 대해 다시 한번 느낀 계기가 되었다.

블로그에 계속해서 글을 쓰다 보면 자연스럽게 '글쓰기' 능력이 키워진다. 그 덕에 지금 이렇게 〈오마이뉴스〉에 기사도 쓰고 있다. 갑상선암을 경험하지 않고 계속 이전과 같은 삶을 살고 있었다면 나에게 이런 삶은 생각할 수 없었을 것이다.

날 버티게 해 준 '음악'

어린 시절 나의 꿈은 '힙합가수'였다. 초등학교 시절부터 장기자랑 시간만 되면 무대를 장악했었고, 고등학교 시절 친구들에게 불린 내 별명은 '

래퍼'일 정도로 힙합 음악을 좋아했다. 학창시절 말미엔 부산에 있는 모 아마추어 댄스팀에서 래퍼로도 잠시 활동을 했었다. 하지만 이내 직장에 취업을 하게 되었고 그로부터 14년이라는 시간 동안 나의 꿈은 까맣게 잊고 살았다.

갑상선암을 겪으면서 힘들었던 지난 3개월 동안 나를 버티게 해준 것 중에 하나가 바로 '음악'이었다. 갑작스럽게 찾아온 병을 겪으면서 '언제 죽을지 모르는 세상인데 더 이상 하고 싶은걸 미루면 안 되겠다'고 생각했다. 그렇게 병원을 가지 않는 날은 시간을 내서 음악을 만들기 시작했다.

쉬는 동안 틈틈이 곡 작업에 매진했고 나의 이야기를 노래에 담아 5곡을 완성했다. 다시 들어보면 아직 갈길이 멀지만 내 이름으로 된 음반을 하나 내야겠다는 목표가 자연스럽게 생겨났다. 아직 '프로' 음악들과 비교를 하면 엔지니어링 적인 측면이 한 없이 부족해 정식 음반을 발매하기엔 많이 부족하다. 하지만 처음으로 내 손으로 만든 나의 음악들이라 내게는 너무 소중하다.

내가 만든 노래들을 사람들에게 들려주기 위해 음원 '프리마켓'에 올렸고 가뭄에 콩 나듯 나의 부족한 음악을 유료결재를 통해 구매해주는 사람들도 생겨 났다. 직장 다니면서 매달 받는 몇백만 원의 월급보다 내가 만든 음악으로 벌어들인 몇 천원이 내겐 더 의미 있고 소중하게 느껴졌다.

이 외에도 금연, 금주를 성공했고 직장을 쉬면서 한동안 일의 스트레스에서 벗어날 수 있었다. 바쁘다는 핑계로 미루기만 하던 운동을 시작했고 덕분에 다이어트도 성공했다. 다이어트를 성공했더니 날씬할 때 입던 옷들이 다시 맞아서 기분 좋았다. 같은 집에 살아도 얼굴 보기 힘들었던 어머니와 한 식탁에 앉아서 어머니의 '집밥'을 실컷 먹을 수 있었다. 그리고 몇 년 동안 단 한 권도 읽지 않았던 책과 다시 친해져 독서하는 습관을 기를 수 있었다.

그리고 가장 큰 변화는 '일상'의 소중함을 깨달았다는 거다. 평소엔 당연하다고 생각했던 것들에 감사할 줄 알게 되었고 내 마음속은 온통 '긍정'으로 가득 찼다. 이렇게 변화된 나의 삶은 직장생활에서도 여실히 묻어났다. 그리고 내 꿈을 향한 도전은 직장을 복귀해도 멈추지 않고 계속되었다.

내가 눈치 안 보고

'칼퇴'할 수 있었던 이유

갑상선암 치료를 위해 3개월이 조금 넘는 시간 동안 직장에 병가를 내고 쉬었다. 길지 않은 시간이라고 생각했는데 복귀한 직장에는 많은 변화들이 있었다. 연말에서 연초까지는 한 해의 마무리가 되는 시점이라 연간 고과 평가가 이루어진다. 한 해 중에 가장 눈치를 많이 보고 몸을 사리는 기간이다. 또한 조직개편이나 인사발령이 이루어지는 시기이기도 해 대체적으로 어수선한 시기다. 딱 이 시기에 자리를 비웠으니 짧은 시간이었지만 많은 변화가 있는 게 당연했다.

2014년 2월 초 설날 연휴를 끝내고 직장에 복귀했다. 복귀한 팀에는 팀장이 바뀌어 있었고 지역을 기반으로 한 담당자들의 지역이 많이 바뀌어 있었다. 나는 팀의 전반적인 운영을 담당하는 내근직 스태프였다.

영업부서에 1명뿐인 스태프가 병가를 내는 바람에 외근 사원들이 내 업무를 나누어 진행했다. 일부 업무들은 제대로 진행되지 못해 본부 차원에서 다른 방법으로 업무를 처리하고 있기도 했다.

2013년 내가 영업부서로 옮긴 그 해부터 시장 경쟁이 심화된 탓에 회사는 '비상경영'을 선포했고, 모든 원인과 대책을 지역별 영업팀에서 내놔야 했다. 또한 본사나 관리부서에서도 실적 부진에 대한 대책을 마련한다는 이유로 현장부서에 엄청난 자료를 요구했다.

하지만 분야별로 담당자가 분리되어 있는 본사와 달리 현장에서는 그 'Paper Working'(서류업무)을 할 사람은 오로지 나 혼자였다. 현장 상황이 고려되지 않은 무분별한 업무 하달이 '위에서 지시한 거다'라는 꼬리표를 달고 막무가내로 쏟아졌다.

아침 일찍 출근해서 매일 야근을 반복했다. 출근해서 퇴근할 때까지 인터넷 뉴스 한번 찾아볼 시간적 여유도 없었다. 회의 도중에도 회의에만 집중하지 못하고 다른 업무와 '멀티태스킹'을 하지 않으면 안 되었다.

또한 영업부서의 스태프이다 보니 매일 저녁마다 각 지역별 실적을 마감해서 종합보고를 해야 했으므로 내 업무가 일찍 끝났다고 해서 퇴근을 할 수 있는 것도 아니었다. 복직을 할 때가 다가오면서 생각했다. '다시 이런 스트레스 속에서 살다 간 내 몸 챙기기는 힘들겠다'고. 그래서 복직 전 회사에 원래 근무하던 부서로 이동시켜 줄 것을 요청했다.

그렇게 복직한 지 한 달이 지나서 나는 다시 예전 부서로 돌아가게 되었다. 나를 키워줄 요량으로 발탁 승진까지 시키며 영업팀으로 보내준 본부장님께는 면목없지만 지금 내 상황은 '건강'을 최우선으로 생각해야 하기에 어쩔 수 없는 선택이었다.

고과점수를 포기하고 선택한 '정시 퇴근'

내가 다시 돌아간 부서는 '기술' 부서였는데 영업으로 갔다가 다시 기술로 돌아오는 사례는 찾기 힘들 정도로 드물다. 그만큼 내 건강 상태를 고려해 회사에서는 내 의견을 받아들여 준 거다.

기술 부서는 부서의 특성상 자기가 맡은 분야의 업무를 자기가 책임지고 수행하면 되기 때문에 나 혼자 많은 사람들의 일정을 조율해가면서 움직여야 했던 이전 업무보다는 시간 조율이 자유로웠다. 그 덕에 중간에 병원을 가거나 해도 크게 부담스럽지 않을 수 있었다.

회사의 공식적인 퇴근 시간은 오후 5시 30분이다. 하지만 5시 30분이 되었다고 해서 퇴근을 하는 사람은 아무도 없다. 본사에서 매월 둘째 주 수요일은 5시 30분에 정시 퇴근을 하라는 '패밀리 데이'를 만들어 놓을 정도니 정시 퇴근이 얼마나 힘든 일인지 알 수 있다.

갑상선암을 겪으면서 금연에 성공한 나는 이제 담배를 피우지 않으니 그만큼 업무시간에 밖에 나가 동료들과 삼삼오오 모여서 노닥거리는 시간이 줄어 들었다. 자연스럽게 휴식시간이 줄어들어 웬만해서는 내 업무를 제 시간 안에 종결지을 수 있게 되었다. 물론 그 전에도 그럴 수 있었지만 어차피 업무시간에 일을 다 끝낸다고 해서 정시에 퇴근할 수 있는 게 아니니까 낮에 밖에 나가서 노닥거렸던 것이다.

나는 '암 환자'라는 무기 아닌 무기를 가지고 6시가 조금 넘으면 퇴근을 했다. 처음엔 다들 이해한다며 얼른 집에 가라고들 했지만 시간이 지나면서 그 '배려'에도 '불만'이 생겨나기 시작했다. 사람들은 대부분 자신에게 닥친 일이 가장 힘들다고 생각하는 동물이다. 자기는 눈치 본다고 일찍 퇴근하지 못하고 잡혀 있는데, 옆에서 매일 일찍 퇴근하는 나를 보면서 배가 아팠던 모양이다.

나는 이번 병을 겪으면서 내 인생의 우선순위가 '직장에서의 성공'에서 '건강'과 '나의 삶'으로 바뀐 것뿐이다. 눈치 보지 않고 퇴근을 하면서 이

123

른바 고과 평가에서 '높은 점수'를 못 받을 거라는 것을 각오했다. 하지만 내가 일찍 퇴근하는 것을 못마땅해하는 사람들은 그런 것을 포기하지 못하면서 배 아파하는 것이니 그런 불만들에 대해서는 신경 쓰지 않기로 했다.

수술 흉터는 내 마음을 다 잡는 '동기'

방사성 요오드 치료를 받고 퇴원을 한 뒤 3개월이 지난 3월에 외래 진료를 갔다. 오늘은 '핵의학과'가 아닌 '외과' 진료를 받는 날이다. 오랜만에 나를 수술했던 교수님을 만나서 잠깐의 면담을 한 뒤 신지로이드를 처방받아서 돌아왔다.

7월에는 방사성 요오드 치료가 잘 되었는지 확인하기 위해서 핵의학과 진료가 예약되어 있다. 이번에 외과 진료를 받으면서 다음 진료일을 핵의학과 진료일과 같은 날로 맞춰서 예약을 했다. 복직 후 병원을 오기 위해서는 무조건 휴가를 써야 하는데 쓸 수 있는 휴가의 개수가 정해져 있으니 날짜를 맞춰서 병원에 오는 게 좋다.

이번에도 잔뜩 받아온 약봉지를 서랍장 안에 차곡 차곡 정리를 하면서 씻기 전 거울 앞에 섰다. 이제 흉터는 많이 희미해졌다. 메피폼도 이제 붙이지 않는다. 지금 남은 흉터는 이제 평생 이 상태로 남을 듯하다. 이 흉터 때문에 V넥 셔츠는 입지 않게 되었다. 가끔씩 거울 앞에서 이 흉터를 바라

보며 나는 마음을 다 잡는다. 그리고 '욕심'을 내려 놓는다.

아는 게 독...

병원 가는 발걸음이 무거웠다

직장에 복귀를 해서 인사발령으로 부서를 옮기고 새로운 업무에 적응을 하다 보니 시간이 금세 흘러 또 병원 가는 날이 되었다. 날씨가 추웠던 2월에 직장으로 복귀를 했는데 벌써 7월이다. 오늘은 핵의학과에 가서 방사성 요오드 치료 6개월 경과에 따른 방사성 요오드 검사 일정을 잡아야 한다.

한 번도 경험이 없을 때는 모르니까 시키는 대로만 하면 됐었는데 신지로이드 복용 중 단과 저요오드식이 얼마나 힘든 일인지 한 번 경험을 해보고 나니 다시 할 생각에 병원 가는 발걸음이 무겁기만 했다. 병원 가는 날 날씨마저도 내 마음과 같이 비가 쏟아질 것만 같았다.

병가를 마치고 직장에 복귀했을 때는 3개월이나 직장을 쉰 사람 같지 않게 주말을 보내고 출근한 느낌이었다. 그런데 평일에 병원을 가기 위해 휴가를 쓰고 대중교통을 이용해 병원에 가고 있으니 또 몇 달 전까지 병가를 내고 쉬고 있는 나날들의 연속인 것만 같았다.

오후 1시 30분에 외과 진료가 예약되어 있었는데 늦게 도착하는 바람에 서둘러 본관 3층 외과 진료실로 올라갔다. 3개월 만에 만난 교수님은 나에게 얼굴이 더 좋아진 것 같다며 방사성 요오드 치료 결과도 좋을 거라고 위로해주셨다.

이제 외과 진료는 6개월 뒤에 예약이 되었다. 내년 1월 8일에 수술하고 처음으로 정기 검사를 받는다. 혈액검사와 목 초음파 검사를 통해 수술 후 경과 관찰을 하는 것이다. 수술이 워낙 잘 된 데다가 방사성 요오드 치료까지 받았으니 별 문제가 없을 거라고 하셨다.

교수님은 오늘 진료를 마지막으로 내년에는 뵐 수 없다고 하셨다. 미국으로 1년간 연수를 가신다고 해서 내년 1월 정기검진과 이후에 있을 몇 번의 외래 진료는 다른 교수님이 '대진'을 해주실 거라고 했다.

직장을 다니면서 '저요오드식'을 어떻게 하나?

외과 교수님과 짧은 작별인사를 나누고 본과 맞은편 건물 지하에 있는 '핵의학과'로 내려갔다. 역시나 계획대로 방사성 요오드 검사 준비에 대한 설명을 들었다. 지난해 겨울 방사성 요오드 치료를 받기 위해 받았던 스케줄표와 허용 식품 목록표를 손에 받아 들었다.

그래도 다행인 건 방사성 요오드 검사용 약물은 치료 때와 달리 아주 저용량의 약을 먹기 때문에 가족들과 격리하는 등의 사후조치가 필요 없고 약 먹은 다음날 병원에 와서 바로 스캔을 하면 된다고 한다. 지난번 복용한 고용량의 방사성 요오드가 내 몸에 남은 갑상선 세포를 잘 파괴했으면 지난번 스캔에서 보였던 검은색 원형 2개가 이번 스캔에는 없어야 하는 것이다.

방사성 요오드 치료를 받기 위해 처음으로 신지로이드 복용을 중단했을 당시 발생했던 부작용들을 기록해서 병원에 제출했었다. 제출된 자료를 근거로 이번 검사에서는 신지로이드 복용을 중단하지 않고 대안으로 선택할 수 있는 '주사요법'이 의료보험에 적용된다. 비보험이라 120만 원가량

128

하던 주사비용이 6만 원에 가능했다.

주사요법을 선택하면 신지로이드 복용을 계속할 수 있어서 부작용이 적다. 하지만 방사성 요오드 약물을 복용하는 날 하루와 전신 스캔을 하는 날 하루 해서 이틀만 병원을 방문하면 되는 일반요법과 달리 약물을 복용하기 전에 며칠을 연속으로 병원에 방문해야 한다. 현재는 병가 상태가 아니고 직장을 나가고 있는 상황이기 때문에 계속해서 직장에 자리를 비우고 병원에 오는 것이 부담스러웠다.

고민 끝에 일반요법을 하기 위해 2주간 복용할 테트로닌을 처방받아 집으로 왔다. 일반 요법을 하다가 힘들면 주사요법으로 변경할 수 있기 때문이다. 일반요법을 하든 주사요법을 하든 피할 수 없는 것은 바로 '저요오드식'이다. 지난번에는 병가를 내고 집에서 쉬었기 때문에 괜찮았지만 이번에는 직장을 다니면서 저요오드식을 어떻게 할지 고민이 되기 시작했다.

여름 휴가를 짬뽕과 함께 시작한 이유

직장을 다니면서 방사성 요오드 검사를 위해 신지로이드 복용을 중단하는 것은, 집에서 쉬면서 준비할 때와는 확연히 달랐다. 하루 종일 앉아서 하는 일이라 체력적으로 크게 무리가 가지 않을 거라고 생각했는데도 아침 일찍 일어나 출근시간에 맞춰 출근하는 것이 부담으로 다가왔다.

집에서 회사까지는 차로 40~50분이 걸린다. 같은 동네 사는 동료와 함께 카풀을 했었는데 몸이 점점 힘들어지면서 커플을 그만두고 자차를 가지고 다녔다. 함께 차를 타고 다니던 동료의 차를 타고 출근을 하면 출근길에 동료의 아들을 학교 앞에 내려주고 가야 했기 때문에 집에서 바로 회사로 가는 것보다 10분 이상 더 소요됐다. 그리고 스케줄이 맞지 않아 퇴근을 따로 하게 되면 버스를 타야 하는데 버스를 타면 집에 오는데 1시간 30분가량이 소요되기 때문에 체력적으로 부담이 되었다.

날씨가 더운 여름이라 그런지 몸은 더 축 처졌다. 자다가 막 일어난 몽롱한 상태가 하루 종일 계속됐다. 좀 더 피곤해지면 눈 알이 밖으로 튀어나올 것 같은 느낌이 들었고 부은 편도선은 며칠 때 가라 앉지를 않았다. 몸 상태가 이렇다 보니 퇴근시간인 5시 30분만 되면 '칼퇴근'을 했다. 칼퇴근을 해도 집에 오는 데 1시간이 걸리다 보니 집에 도착해서 씻고 저녁을 먹고 나면 오후 9시가 다 됐다.

지금은 이렇게 직장을 다니면서 버티고 있지만 다음주부터는 '저요오드식'을 해야 하는데 점심을 어떻게 해야 할지 걱정이다. 날씨가 더워 도시락을 싸 들고 다니기도 어렵다. 그러다 고민 끝에 연차를 써서 저요오드식 기간 동안 쉬기로 했다.

3주간의 하계휴가... 부작용과 싸우며 보냈다

7월에서 8월은 하계휴가를 가는 기간이다. 제조업이 아니라 정해진 휴가 기간이 있는 것은 아니었고 자신이 적당한 스케줄을 조정해서 연차를 5일 연속으로 사용해 일주일 정도씩 휴가를 간다. 나는 이번 하계휴가를 남들보다 조금 더 길게 가야 했다.

저요오드식 기간은 2주다. 연차를 총 10개 사용하면 저요오드식 시작일부터 방사성 요오드 검사를 위한 옥소를 복용하고 전신 스캔하는 날까지 쉴 수 있었다. 하지만 지난 겨울의 학습효과로 부작용이 회복되는 기간을 계산해서 스캔 검사 이후 일주일을 더 쉬기로 마음 먹었다. 연차개수가 조금 모자란 것은 내년도 연차를 당겨서 사용하면 된다.

진행하던 업무를 팀원 몇 명에게 인수 인계를 하고 약 3주간의 휴가에 들어갔다. 주말 포함하면 거의 한 달가량을 자리 비워야 해서 휴가 들어가기 전 마지막 날 저녁을 동료들과 함께 먹었다. 내일부터 저요오드식을 해야 하기에 한동안은 먹을 수 없는 자극적인 음식인 '짬뽕'이 오늘의 메뉴였다. '전국 5대 짬뽕'에 들어간다는 짬뽕집이 창원에 있다고 해서 찾아가 먹었다.

그렇게 직장에 휴가를 내고 지난 겨울처럼 혼자 쉬면서 저요오드식을 시작했다. 겨울보다 싱싱한 채소와 과일들이 풍부한 여름이라 더 수월할 것으로 예상했는데 내 예상과 달리 이번이 더 힘들었다.

저요오드식 일주일 정도 지났을 무렵 밤에 자다가 속이 안 좋아서 깨어

났는데 설사와 구토가 났다. 마치 장염에 걸린 것처럼 식은땀이 나고 오한에 시달렸는데 다음날부터 소화불량 증상이 심해졌다. 지난 겨울에는 방사성 요오드 캡슐을 복용하고 난 다음부터 소화불량 증상이 있었는데 이번엔 좀 더 빨리 소화가 안됐다.

부작용에 괴로워하며 신지로이드 중단이 아닌 '주사요법으로 변경할까?' 고민도 했지만 이미 3주 동안이나 잘 견뎠고 남은 일주일을 버티지 못하고 주사요법으로 변경하려니 아까운 생각이 들어 더 버텨 보기로 했다. 그렇게 지난 겨울보다 더 힘든 4주간의 고통을 견디며 방사성 요오드 검사를 위한 '옥소' 복용 당일이 되었다.

"혈액 수치 정상입니다"

차 안에서 소리를 질렀다

4주간의 신지로이드 복용 중단과 2주간의 저요오드식 기간을 거쳐 방사성 요오드 검사를 위한 '옥소'를 복용하기 위해 병원으로 갔다. 항상 병원을 갈 때면 운동할 겸 대중 교통을 이용해서 가곤 했는데 날씨도 덥고 지난 겨울보다 일찍 시작된 부작용으로 몸이 힘들어 자차를 가지고 갔다. 오랜만에 차를 가지고 병원에 오니 언제나 그랬듯 주차장 입구에서 한참을 기다려야 했다.

오전 10시 본관 3층에 있는 '채혈실'에서 채혈이 예약돼 있었다. 갑상선암 치료를 받기 시작하고 병원에서 가장 자주 들리는 곳을 꼽으라면 단연 채혈실이다. 대학 병원답게 채혈실에도 엄청난 환자들이 몰리는 데 은행처럼 접수하고 번호표를 받아 기다리면 순서에 맞게 채혈이 진행된다. 마치 '피 뽑는 공장'과도 같은 분위기다.

내 순서가 되어서 팔을 걷고 앉았는데 채혈을 해주시는 분이 '핵의학과 피검사하러 오셨죠?'라고 물었다. 맞다고 대답하니 조금 아플 거라고 했다. 평소에는 그런 말없이 그냥 채혈을 했는데 오늘은 뭔가 다른 모양이었다. 주사 바늘 공포가 있어서 채혈할 때마다 팔을 못 쳐다보는 나였지만 최근 수많은 채혈 경험으로 단련이 되었다고 생각했던 터라 별로 긴장은 되지 않았다.

걷어 붙인 오른팔에 바늘이 들어오는데 평소와는 많이 다른 느낌이었다. 너무 아파 눈물이 핑 돌았다. 대체 뭔가 싶어 고개를 돌려 주사 바늘을 봤는데 역시나 평소보다 훨씬 두꺼운 바늘이 내 팔을 뚫고 들어가 있었다.

주사기로 입에 쏴 주는 옥소

채혈을 끝내고 나면 바늘을 꽂았던 곳에 알코올 솜을 대준다. 매번 5분 간 꽉 누르고 있으라고 하지만 얼마 안 돼서 솜을 버렸다가 옷에 피가 묻 곤 했었다. 그런데 오늘은 바늘 두께를 보고 나서 그런지 가만히 앉아 5분 간 솜을 꾹 누르고 있었다. 지혈이 되고 나서 본관을 나와 맞은편 건물 지 하 2층에 있는 '핵의학과'로 내려갔다. 매번 엘리베이터를 탔는데 오늘은 무슨 마음에서인지 계단을 이용해 내려갔다.

도착한 핵의학과 대기실에는 나 말고도 옥소를 복용하러 온 2명의 환자 가 더 있었다. 두 분다 나이가 어느 정도 있는 아주머니들이었다. 갑상선 암은 여성 환자들이 남성에 비해 단연 많다. 나도 병원을 다니면서 만난 환자들을 생각해보면 남성보다 여성이 훨씬 많았다. 나처럼 젊은 남자는 거의 찾기 힘들었다.

지난 겨울 방사성 요오드 캡슐을 복용했던 것처럼 두꺼운 납으로 차폐 된 병 속에 알약이 들어 있을걸 생각하고 왔는데 검사용 옥소는 지난번과 달랐다. 간호사가 종이컵을 하나씩 나눠주며 정수기에서 물 한 컵 떠 가지 고 대기하라고 했다. 잠시 뒤 이름이 불리면 진료실에 문 열고 들어가는데, 주사기를 이용해 액체로 된 옥소를 입에 대고 조금 뿌려준다. 옥소를 삼키 고 나면 손에 들고 있는 물을 다 마시는데 이걸로 옥소 복용이 끝난다.

옥소 복용을 끝내고 병원을 나오면서 지난번과 같이 가족들과 격리 생

활을 해야 하느냐고 물으니 아주 갓난아기가 있는 집에서만 접촉을 삼가
하라고 했다. 워낙 적은 용량의 방사성 요오드기 때문에 일상생활을 해도
괜찮단다. 이제 집으로 돌아갔다가 내일 아침 8시에 전신 스캔을 해야 한
다. 내일 스캔에서 6개월 전에 스캔을 했을 때 있었던 검은색 원형 2개가
사라져 있으면 된다.

'엄마표 김치찌개'를 먹으며 내가 살아 있음을 느꼈다

다음날 아침 8시에 병원에 도착했다. 지난번과 같이 영상 촬영실 앞에
대기를 하고 있으니 미리 소변을 보고 기다리라고 한다. 별로 마렵지 않은
소변을 보고 잠시 더 기다리니 내 이름이 불려졌다.

주머니에 있는 소지품들을 다 꺼내서 바구니에 담아 맡기고는 검사 장
비에 올라가 누웠다. 장비에 눕는 공간은 수술대처럼 폭이 좁다. 낙상 방
지를 하기 위해 수술할 때와 마찬가지로 찍찍이 테이프를 온몸에 감는데
기분이 안 좋다.

장비에 누워서 눈감고 있으면 장비가 움직이면서 전신 스캔을 시작한다.
20분쯤 지났을 무렵 장비의 움직임이 처음 촬영을 시작하기 전 원래 위치
로 돌아오는 느낌이 들었다. 아니나 다를까 몸에 붙은 찍찍이 테이프를 뜯
어준다. 생각보다 일찍 촬영이 끝났다고 생각했는데 물을 한 컵 주더니 다
마시고 누으라고 했다. 지난 겨울 촬영할 때는 이러지 않았는데 다시 누워

촬영을 계속하는 동안 머릿속에 오만가지 생각이 났다.

촬영이 끝나고 불안한 마음을 가진 채 진료실 앞에서 기다렸다. 진료가 9시부터 시작되기 때문에 촬영이 일찍 끝나도 그 시간까지 기다려야 한다. 잠시 뒤 핵의학과 교수님이 가방을 들고 출근을 했고 이내 내 이름이 불려졌다.

진료실로 들어가 앉아 교수님의 모니터를 바라보니 왼쪽엔 오늘 찍은 사진이, 오른쪽엔 6개월 전 사진이 띄워져 있었다. 심장이 갑자기 쿵쾅거리며 미친 듯이 뛰기 시작했다. 치료가 제대로 되지 않았으면 신지로이드 복용 중단은 물론 저요오드식까지 그 괴로운 방사성 요오드 치료를 또 해야 한다.

슬쩍 바라본 오늘 사진엔 목 부위 검은색 원형이 보이지 않았다. 그런데 복부 부근이 검게 보였다. 전신 스캔은 원격 전이가 된 병소도 찾아 낼 수 있기 때문에 장 쪽에 문제가 생긴 게 아닐까 하고 순간 걱정했다. 하지만 내 걱정을 말끔히 씻어주는 교수님의 한 마디에 왈칵 감동이 밀려왔다.

"말끔히 치료가 아주 잘 된 것 같네요~ 혈액검사 수치 또한 정상입니다. 그동안 수고하셨어요~"

복부 부근에 검게 보이는 부분은 장속에 가스나 음식물로 인해 그렇게 보일 수 있다며 괜찮다고 하셨다. 이로써 약 8개월간의 방사성 요오드 치료는 끝났다. 집으로 오는 차 안에서 그동안 신지로이드 복용 중단 부작용에 시달리며 힘들었던 시간들이 주마등처럼 스쳐 지나갔다. 그리고 이 '해방'의 기쁨에 너무 기분이 좋아 운전을 하면서 신나게 소리를 질렀다.

집으로 돌아와 서랍 속에 넣어두었던 신지로이드를 꺼냈다. 이제 죽는 날까지 매일 아침 먹어야 하는 내 생명과도 같은 약. 흰색 한 알과 분홍색 반 알이 들어 있는 약 봉지를 찢으며 웃었다. 그리고 늦은 아침을 준비했다. 스캔 하고 오면 꼭 먹고 싶다고 어머니께 말씀드렸더니 '김치찌개'를 만들어 놓고 외출을 하셨다. 세상에서 제일 맛있는 '엄마표 김치찌개'로 내가 살아 있음을 다시 한 번 실감할 수 있었다.

그토록 듣고 싶었던 말...

2013년 9월 건강검진에서 갑상선암을 발견한지가 벌써 1년이 지났다. 그동안 수술받고 방사성 요오드 치료도 받으며 힘든 시간을 보냈지만, 덕분에 나 스스로에게도 많은 긍정적 변화들이 있었다. 그렇기에 지난 1년은 내 인생에 있어 아주 의미 있는 시간이었다.

방사성 요오드 치료가 잘 되었다는 결과를 듣고 집으로 가는 차 안에서 신나게 소리 질렀던 게 얼마 지나지 않았는데 해방의 기운을 제대로 만끽하기도 전에 건강검진을 받을 때가 되었다. 1년에 한번 받는 건강검진이 귀찮기만 했던 나였는데 올해 검진은 아주 기다려졌다. 지난해와 다르게 '아주 건강하다'라는 말을 꼭 듣고 싶었던 것 같다.

언제나처럼 건강검진은 부산에 있는 검진센터에서 받았다. 검진 당일 아침에는 출근을 하지 않고 바로 검진센터로 가서 문진표를 작성한 뒤 옷을 갈아입고 검진을 받는다. 건강검진의 마지막 코스는 '건강 상담'인데 하루에도 수많은 사람들의 상담을 하느라 지친탓인지 조금은 성의 없게 느껴졌다. 내가 상담실에 들어가 앉았을 때도 기계적인 말투로 나에게 물었다.

"어디 불편한 데 없으시죠? 없으시면 차트 가지고 나가시면 됩니다."

너무 성의 없는 말투에 순간적으로 기분이 나빠 '작년에 이 센터에서 갑상선암을 발견하고 수술을 했다'고 말했다. 그러자 상담을 해주는 의사분이 자신이 입고 있던 가운의 목 부분을 살짝 아래로 당겨 내렸다. 그러자 선명한 갑상선 수술 자국이 보였다.

그 상담의사도 갑상선암으로 수술을 했다고 한다. 잠시 대화를 나누다 보니 치료받은 병원도 나와 같은 병원이었다. 평소 건강관리 잘하고 지내면 무리 없다는 말과 함께 잠시 동안의 수다를 주고받다가 나왔다. 나오면서 이 상황에 웃음이 났다.

혈중 아밀라아제 수치 높아... 췌장에 무슨 문제가?!

건강검진을 받고 2주 정도가 지났을 무렵 검진센터에서 결과표가 도착했다. 결과표 1페이지에는 신체 부위별 건강 등급을 'A~F'까지로 나누어 보기 쉽게 표기되어 있었다. 결과표를 펼치고 가장 먼저 눈의 띈 것은 '췌장 E등급'이었다. E등급은 '상담이나 추가 검사가 필요하다'였다.

예전에 내가 즐겨보던 의학드라마인 〈하얀 거탑〉의 주인공인 '장준혁'도 췌장암으로 생을 마감했다. 췌장암의 경우 치사율이 90%에 달하고 암 중에서도 아주 고통스러운 병으로 유명하다. 건강검진에서 'E'등급 받았다고 모두 다 암은 아니겠지만 이미 한 번 암을 경험한 사람은 2차 암에 걸릴 확률도 일반인에 비해서 높다는 통계가 있다. 그걸 잘 알기에 두려운 마음이 엄습해왔다.

평소 같으면 '건강검진에서 다 정상으로 나오는 사람이 비정상'이라며 대수롭지 않게 넘어 갔을 테지만 지금의 나는 예전과 달랐다. 그 결과표를 보면서 고민하고 또 고민했다. 검사 수치를 상세히 보니 혈중에 '아밀라아제' 성분이 기준치보다 높았다. 인터넷 검색을 통해 아밀라아제가 높은 경우를 검색해보니 급성 췌장염이나 췌장 종양 등 다양한 사유로 아밀라아제가 높아질 수 있다고 했다.

건강검진 결과서를 가지고 동네에 있는 '가정의학과' 병원을 찾았다. 결과서를 보여주니 동네 병원이라 자세한 검사가 안된다고 큰 병원으로 가보는 게 어떻겠냐고 했다. '문제없다'라는 말을 듣고 싶었는데 내 기대와 다른 답변이 나와서 더욱 당황스러웠다. 그리고 동네 병원을 나오는 내 손엔 '진료의뢰서'가 들려 있었다.

그렇게 결국 내가 갑상선암을 치료받았던 대학병원으로 갔다. 췌장의 진료는 '소화기 내과'에서 한다. 소화기 내과에서 췌장으로 유명한 교수님을 찾아가서 건강검진 결과서를 내밀었다. 교수님이 결과서를 살펴보는 짧은 시간 동안 내 심장은 심하게 쿵쾅거렸다. 또 어떤 검사를 해야 하는 건지. 갑상선암과는 어떤 관계가 있는 것인지 궁금한 게 너무 많았다. 온갖 생각으로 복잡해하고 있는데 교수님이 말문을 열었다.

"다른 수치들이 다 정상인데 혈액검사 결과 이 항목(아밀라아제)만 기준치보다 조금 높다고 해서 문제가 있는 건 아닙니다. 이건 재검사해볼 필요도 없고요. 다음부터 이런 걸로 날 만나러 오지 않아도 됩니다."

그 말을 듣는 순간 긴장해서 뻣뻣하게 굳었던 온몸의 신경들이 쫙 풀려 버렸다. 얼마나 기다렸던 대답인지 모른다. 그 대답을 듣고 나서 아주 씩 씩하게 '네, 알겠습니다!'를 외치곤 진료실을 나왔다.

아무것도 아닌 이 대답을 듣기 위해 회사에 휴가를 내고 선택진료비까 지 지출해가며 이 병원을 찾아왔다. 금전적 지출이 컸지만 불안한 마음이 싹 씻겨 내려가니 그 돈이 아깝지 않았다. 역시 소 잃고 외양간 고치지 않 도록 건강은 건강할 때 알아서 지켜야 한다.

정기검진 이상무,

완치 '희망'이 생겨났다

수술 후 처음으로 갑상선 초음파 검사를 받기 위해 6개월 만에 병원을 찾았다. 병원에서는 예약일 하루 전이면 어김없이 예약 확인 문자를 보내주는데 이번에는 평소와 달리 장문의 MMS가 도착했다. 평소 외과로 가서 진료를 받는데 '갑상선, 두경부 종양센터'로 와서 진료를 받으라는 문자였다. 나를 집도한 교수님은 미국으로 1년간 연수를 갔다. 그래서 한 해 동안은 다른 교수님이 대진을 하기로 돼 있었고 대진을 해주실 교수님의 이름도 함께 MMS에 찍혀 날아왔다.

병원에서 별도의 '센터'까지 만들어서 운영하는 것을 보고 나니 갑상선 암 환자들이 크게 증가했음을 실감할 수 있었다. 병원 주차장에서 갑상선, 두경부 종양센터로 가는 길목 곳곳에 안내 표지판을 붙여 놓아 쉽게 찾아 갈 수 있었다.

오후 2시가 예약이라 도착해서 접수하는데 간호사가 '채혈' 여부를 물어왔다. 2시간 전 와서 채혈을 하고 2시에 진료를 봐야 하는데 너무 오랜만에 오는 터라 잊어 버렸다. 그제야 급하게 채혈실로 가서 채혈을 하고 갑상선, 두경부 종양센터 맞은편에 있는 초음파 검사실로 가서 목 초음파 검사를 받았다.

초음파 검사를 할 때면 끈적한 약품을 목 부위에 바른다. 나는 그 끈적한 느낌이 너무 싫다. 검사가 끝나고 티슈로 닦아내도 계속 찝찝한 기분이 들기 때문이다. 목 여기 저기 초음파 장비를 갖다 대는데 유독 내 오른쪽 귀 아래쪽을 계속 촬영했다. 그 곳은 '농양'으로 지금까지 세 번의 절개를 한 곳이다.

갑상선암 수술 당시 농양의 '씨앗' 부분을 함께 제거를 했음에도 또 조금씩 안에 몽우리가 만져졌다. 평소 생활하는 데는 별로 불편함이 없는데 가끔 피곤하거나 컨디션이 좋지 않으면 부풀어 오른다. 그리고 심하면 농양이 가득 차 또 절개를 해야 한다. 이렇게 골치 아픈 부위에 또 문제가 생긴 것처럼 계속 촬영을 하고 있으니 괜스레 마음이 불안해졌다.

초음파 검사는 금세 끝났지만 혈액 검사 결과가 나올 때까지 총 2시간을 기다렸다. 진료실에 들어가서 대진을 해주시는 교수님과 처음 인사를 나누고는 혈액 검사 결과와 초음파 검사 결과를 들었다.

재발 수치 다소 높아... '신지로이드' 용량을 높이다

초음파 검사 결과 특이점은 발견되지 않았다. 단지 계속 촬영했던 오른쪽 귀 아래 턱 부분은 또 약간의 피지선이 생겨 추후 한 번 더 제거를 해야 한다. 다행히 갑상선암과의 상관관계는 없다고 하니 안심이 됐다. 그런데 혈액 검사 결과 재발을 확인하는 수치가 기준치 안에는 있으나 평소 안정권으로 관리하는 수치보다는 다소 높아 복용 중인 신지로이드 용량을 좀더 높이자고 했다.

평소 노란색 한 알과 분홍색 반 알을 복용하고 있었는데 이 날 처방받은 신지로이드는 흰색 한 알의 약으로 바뀌었다. 약 용량을 변경하고 수치 변화를 관찰하기 위해 3개월 뒤 다시 채혈을 하기로 했다.

갑상선암 수술을 한지 1년 하고도 반 년가량이 지났다. 처음으로 받은 초음파 정기 검진에서 특별한 이상이 없다고 하니 참 다행이라는 생각이 들었다. 암은 최소 5년을 지켜보고도 재발의 기미가 없을 때 '완치' 판정을 하게 된다. 그와 별개로 갑상선암의 경우 10년이 넘어서 재발이 되는 경우도 있다고 한다.

그에 비하면 아직 얼마 지나지 않았지만 완치에 대한 희망이 생겨났다. 지금처럼 긍정적인 마음가짐으로 세상을 살아가다 보면 언젠간 나에게도 완치라는 기쁨을 누릴 수 있을 때가 올 거라 생각한다.

'죽음의 공포'가 만들어준

나의 두 번째 인생

갑상선암 치료를 위해 직장에 병가를 제출하고 3개월 남짓한 시간을 쉬었다. 쉬는 동안 틈틈이 내가 좋아하는 음악 활동을 할 수 있었고 나의 투병일기로 필요한 누군가에게 도움을 주기 위해 '블로그'도 시작했다. 그 블로그를 통해 나와 같은 병을 앓고 있는 사람들과의 유대관계를 형성할 수 있었다. 또한, 10년이 넘는 시간 동안 멀리하고 지내던 '책'을 다시 손에 잡으면서 우물 밖의 세상은 드넓고 다양하다는 것을 깨달았다.

아파본 사람이면 누구나 비슷한 이야기를 하게 된다. 언제 죽을지 모르는데 '하고 싶은 일'을 하고 살자고. 나 역시 아파보고 나서야 그 말을 공감할 수 있게 되었다. 모든 사람이 '건강'이 최고라고 이야기하지만 실제로는 건강을 제일 등한시 하고 살고 있는 것처럼 나 역시도 아파보지 않았을 때는 건강이 계속 내 곁에 있을 거라는 착각을 했다. 그리고 나에게는 시간이 한없이 있을 줄로만 알았다.

아파지고 나서 돌아보니 그토록 하고 싶었던 '음악'에 대한 열정이 식어버린 게 10년이 훨씬 넘었고 언제나 내 곁에 있어 항상 '나중에'라고 이야기하던 어머니의 머리에는 새하얗게 눈이 내려 있었다. 어린 시절 '끼'도 많고 활발하던 내 성격은 15년의 직장생활에 익숙해져 수동적인 인간이 되어 버렸다. 사람 사귀는 것이 좋아 특정 부류를 가리지 않고 사귀었던 내 친구들은 내가 '일'에 목숨 거는 시간 동안 어디론가 떠나가 버린 후였다.

남들이 부러워하는 대기업에 다니며 행복하게 살고 있다고 '착각'했던 내 삶은 아주 외롭고 불행한 모습이었다. 진정으로 나에게 소중한 것이 무엇인지 모르고 살았던 것이다. 결국 나의 조건과 상황을 넘어서 조건 없는 사랑을 주는 사람들은 바로 내 가족들인데 내 상황이 바뀌면 결국 떠나갈 사람들에게 나의 모든 에너지를 쏟으며 살았다. 이 모든 걸 깨달은 나는 모든 것을 내려놓고 행복을 찾기로 결심했다.

복직 1년 만에 퇴사... 홀로서기를 시작했다

나의 깨달음은 직장에 복귀한 나에게 많은 변화를 가져다주었다. 업무가 끝나도 눈치 보느라 퇴근 못 하고 앉아 있던 내가 눈치 보지 않고 업무가 끝나면 곧장 퇴근하게 되었다. 어쩌다 가끔 일찍 퇴근하는 날이면 동료들과 술판 벌이기 일쑤였는데 이제는 동료보다 내 가족을 우선으로 생각하게 되었다. 그러다 보니 자연스럽게 동료들에게서 조금씩 멀어져갔다.

업무를 일찍 끝내고 집으로 돌아오면 '저녁 있는 삶'을 즐겼다. 어머니와 한집에 살아도 아침 일찍 나갔다가 밤늦게나 들어오는 탓에 온종일 대화 한마디 없던 삶에서 함께 저녁 식탁에 앉아 도란도란 이야기를 나눌 수 있는 삶으로 바뀌었다. 그리고 잠들기 전까지의 시간은 새로운 나의 삶에 투자했다. 책을 읽고 하고 싶었던 공부를 했다. 그렇게 조금씩 홀로서기를 준비해 나갔다.

2014년 설날 연휴가 지나서 회사에 복직했다. 그리고 변화된 직장생활을 한 지 1년이 지난 2015년 봄, 내가 그토록 사랑했던 직장을 그만뒀다.

새로운 생활을 한 지난 1년간 변화된 나의 모습에 멀어진 사람들도 많았지만 그대로의 '나'를 좋아해 주는 사람들이 누구인지 확실히 알게 된 계기가 되었다. 진정한 '내 사람'을 찾게 된 거다. 나에게는 큰 성과라고 생각한다.

나의 결정을 묵묵히 응원하는 '내 사람들', 행복하다

회사를 그만두기로 마음을 먹은 날로부터 그만두는 마지막 날까지 약 2달간의 시간 동안 많은 혼란이 있었다. 결국은 매달 통장에 꽂히는 '월급'의 달콤함 때문이었다. 당장 회사를 나가면 월급 없이 다른 무언가로 먹고 살아야 하는데 위험을 감수할 용기가 부족했던 거다. 하지만 이내 고민에 고민을 반복한 결론은 '간절함'이었다. 월급이 없어야 내가 하고자 하는 일이 더 간절해질 거라는 결론이다. 그 결론을 내기까지 많은 용기가 필요했다.

올해 내 나이는 서른넷이다. 일찍 결혼한 친구들은 벌써 아이들이 유치원에 다닌다. 장가가서 애 낳고 돈 벌어서 집 사고해야 할 텐데 나는 덜컥 다니던 직장을 그만뒀다. 그리고 언제 다시 내 월급만큼의 돈을 벌 수 있을지 모른다. 어쩌면 평생 그만큼의 돈을 벌지 못할지도 모른다. 이런 나의 결심에도 묵묵히 나를 응원해주는 사람들이 있다. 그 사람들의 기대에 부응하기 위해서라도 나는 더 열심히 발로 뛰어야 한다.

제대로 '돈 되는' 일은 아직 찾지 못했다. 지금 프리랜서로 활동하고 있는 일의 수입은 좋아져 봐야 기존 내 월급의 절반에도 미치지 못한다. 내 방안 책상 앞에 붙어 있는 화이트보드 일정표에 아무것도 쓰여있지 않은 날들이 많아질수록 불안하고 초조해지기도 한다.

하지만 아직 나는 '하고 싶은'일이 너무 많고 그 일을 어떻게 구체화해 나갈지 상상하는 일이 너무 즐겁다. 지금 나에게 일어난 이 모든 일은 갑상선암을 겪으며 '죽음의 공포'를 느끼지 못했다면 일어나지 않았을 일이다. 즐겁기도 두렵기도 한 나의 두 번째 인생을 더 행복하게 만들기 위해 오늘도 열심히 머리를 굴린다.

암 보험 혜택 좀 보나 했더니...

보험 사기 의심?

병에 걸리면 결국은 '돈'이 문제다. 건강을 잃게 되면 그 건강을 다시 찾기까지 돈이 많이 들어간다. 따지고 보면 '건강한 게 돈 버는 것'인데 요즘 사람들은 건강을 담보로 위험한 돈벌이를 하고 있다. '건강=돈'이라고 생각한다면 미래에 벌 돈을 미리 당겨 쓰는 '대출'과도 같은 상황이다.

갑상선암은 보험회사에서도 '소액암'으로 분류된다. 그 이유는 '일반암'에 비해 치사율이 낮은 것도 있지만, 최근 급속도로 발병자가 많아지는 데 대한 보험회사들의 '꼼수'가 아닐까 싶다. 암에 걸리면 TV 드라마에 나오는 것처럼 온 집안이 풍비박산이 날 정도로 돈이 많이 들어갈 거라고 생각했지만, 나의 경우는 그렇지 않았다. 다행히 한 번에 치료가 잘 되기도 했고, 다른 암들에 비해 예후가 좋아 계속 병원에 누워서 치료를 받지 않아도 됐다.

그래도 한 달 벌어 한 달 먹고사는 '월급쟁이'들에게는 부담스러운 돈임에는 틀림없다. 나 같은 경우엔 복지가 잘 적용되는 대기업에 다니고 있었기 때문에 치료비에 대한 부담은 하나도 느끼지 않았다. 또한, 병가를 제출하고 쉬는 동안에도 70%의 급여가 나왔기 때문에 생활에 대한 걱정도 없었다.

하지만 블로그를 통해 알게 된 다른 환자들의 이야기를 들어보니 치료비 부담은 물론이거니와 회사를 쉬면 급여가 나오지 않으니 수술받고 제대로 쉬지도 못한 채 바로 출근하는 사람들이 있었다. 또한, 몸을 생각해 충분히 쉬려고 직장을 그만둬야 했던 사람들도 많았다.

대학병원에서 치료를 받으면 건강보험 적용되는 치료비와 '비급여'로 처리되는 치료비가 거의 5:5 수준이다. 나는 암으로 '중증환자' 적용을 받아 건강보험 적용분의 대부분을 지원받는데도 그렇다. 게다가 교수 '특진비'까지 붙으니 실제로 병원에 지출한 돈이지만 실비 보험에 적용되지 않는 돈이 많다. 항목마다 차이가 있지만 총 금액으로 계산해보니 대략 내가 쓴 돈의 60% 정도가 보험회사에서 나온 것 같다.

나 같은 경우는 회사에서도 실비 보험과 같은 조건으로 지원금을 받았기 때문에 쓴 돈 대비 20% 정도는 더 벌었다. 어찌 보면 '병 테크'를 한 셈이다. 물론 지원금을 많이 청구하고 병가를 쓰고 쉰 것에 대해 다른 식의 불이익이 있었지만, 당시 들어간 '비용'만 생각하면 돈을 더 번 것만은 확실하다. 하지만 회사 복지시스템을 적용받지 못하는 일반인들은 아픈 것도 서러운데 무조건 '손해 보는 장사'임에 틀림없다.

보험 가입한 지 몇 달 안 되어 '보험 사기'로 의심받았다

19세에 사회에 나와 직장생활을 하면서 번 돈으로 먹고 놀 줄만 알았지 재테크나 보험가입 등을 전혀 하지 않고 살았다. 그러다 25세 즈음 같이 근무하던 친구 어머니의 권유로 'CI보험'에 가입했다. 하지만 3년도 지나지 않아 보험을 해약했다. 당시 월 납부금은 내 급여의 10% 정도였는데 이직을 하게 되고 고정 수입에 문제가 생기면서 매달 쪼들리는 생활에 지친 나는 부담스러운 보험을 해약하기로 마음먹었다.

그렇게 내 인생의 첫 번째 보험은 3년 만에 원금도 채 돌려받지 못한 채 역사 속으로 사라졌다. 몇 년 후 이제는 생활에 어느 정도 여유가 생기고 나이를 먹으니 보험의 필요성을 느끼기 시작했다. 그래서 이번엔 비싼 CI 보험 대신 값 싼 '실비보험'을 가입하기로 했다. 그렇게 보험을 갈아타고 1년이 채 되지 않아 갑상선암 진단을 받았다.

보험을 가입한 지 몇 달이 되지 않아 암 진단을 받고 보험금을 청구했더니 보험회사에서 보험금 지급 중단 신청을 하고 조사를 나왔다. 내가 암에 걸린 것을 미리 알고 보험에 가입하고 보험금을 타려고 하는 것인지를 확인하겠다고 했다. 물론 보험회사의 입장은 이해하지만 암을 투병 중인 환자에게 그런 '보험 사기'의 잣대를 들이미는 보험회사에 진절머리가 났다.

내가 만약 재벌들처럼 돈이 많은 사람이었다면 얼마 안 되는 보험금 따위 안 받아도 좋으니 집으로 찾아온 보험회사 직원에게 욕을 해주고 쫓아 버렸을 것이다. 회사 방침 대로 일하는 그 회사 직원이 무슨 잘못이 있겠느냐마는 그렇게라도 분풀이를 하고 싶었다. 하지만 현실은 그 보험금이 절박한 월급쟁이인지라 보험회사 직원이 내미는 '의료기록 조회 동의서'에 사인을 할 수밖에 없었다.

원래 보험금을 청구하면 3일 내 통장으로 입금되어야 하는데 조사를 다 끝내고 3주가량이 지나서야 보험금이 지급되었다. 보험금 지급이 늦어지면 지연에 따른 이자도 함께 지급해야 하는데 보험회사 기준에서 '정당한 사유'가 있었기 때문에 이자는 받을 수 없었다. 분명 내가 고객인데 '갑'이 아니라 '을'이 되었다.

돈의 노예가 되지 않으려면 '건강관리'부터

내가 치료를 받으면서 병가를 내고 쉬는 동안 많은 생각의 변화들이 생겼다. 당장 이 우물 안을 벗어나고 싶었다. 하지만 역시 이놈의 '돈'이 뭔지 계산기를 두드리고 있는 나를 발견했다. 언제까지 치료를 계속 받아야 할지 모르는 상황인데 지금 회사에서 받는 '의료비 지원금'을 포기할 수 없었기 때문이다. 그래서 돌아가기 싫은 직장으로 돌아갈 수밖에 없었고 그렇게 1년을 마음을 '콩밭에 두고' 다녀야 했다.

수술을 받고 방사성 요오드 치료도 받았다. 그 결과 말끔하게 치료가 잘 되었다고 한다. 그리고 수술 1년이 지나 받은 초음파 검사에서도 특이사항이 없었다. 이제 병이 재발하여 수술이나 방사성 요오드 치료를 다시 받아야 하는 일이 없는 한 병원에 갑작스럽게 큰 돈 들어갈 일은 끝이 났다. 그제야 나는 가볍게 직장에 사표를 던지고 꿈을 찾아 제2의 인생을 시작할 수 있었다.

나는 병을 얻으면서 느낀 죽음의 공포 덕분에 마음에 변화가 생겼고 제2의 인생을 살기로 마음먹었다. 병에 걸리지 않았다면 기존의 삶에 안주하고 살았을지도 모른다. 하지만 이루고자 하는 꿈이 있는데 병을 얻고 돈의 압박 때문에 어쩔 수 없이 그 꿈을 포기하고 살아야 한다면 그 인생이야말로 바로 '죽은 인생'이 아닐까 싶다. 꿈을 이루기 위해 무언가 '사고'를 치고 싶다면 자기 몸부터 챙기고 반드시 건강하기 바란다. 그래야 돈의 압박에서 조금은 자유로울 수 있다.

행복하게 살고 싶다면 진정으로 자신이 하고 싶고 그 일로 인해 웃음이 나고 즐거워지는 일을 해야 한다. 그 일을 해서 가족들이 함께 행복해진다면 더없이 좋을 것이다. 막연히 '그런 일이 어딨어?'라고 생각한다면 아마 평생 찾을 수 없을 것이다. 눈앞에 있는 허영과 욕심을 내려놓고 가만히 귀 기울여 마음속의 소리를 듣는다면 '행복한 일'을 찾아 새로운 인생을 시작할 수 있을 것이다.

나는 이런 사실을 암이라는 무서운 병을 얻어 죽음의 공포와 싸우면서 깨달았다. 돌이켜보면 '왜 조금 더 빨리 이런 깨달음을 얻지 못했을까' 하고 후회하기도 한다. 하지만 후회만 하고 있을 순 없다. '늦었다고 생각한 때가 가장 빠른 때'라는 말은 진리다. 앞으로 남은 나의 인생에 어떠한 고난과 역경이 오더라도 행복하게 이겨낼 용기가 있다. 그리고 그 용기는 내가 진정으로 이루고 싶은 '나의 꿈'에서 나온다.

최고 '23년'만에

재발한 환자도 있습니다

4개월 만에 외래 진료를 받기 위해 병원을 찾았다. 지난번과 그 지난번 진료 시 혈액 수치가 예상보다 높아 매일 아침 복용하는 호르몬제 용량을 높였는데 이번에는 그 수치가 다시 내려갔는지 확인을 해야 한다. 지난번에도 위험 수준은 아니지만, 평소 관리하고자 하는 수치보다는 다소 높은 수치라 복용하는 약의 용량을 높여서 조절을 해보자고 한 것이었다.

갑상선암 환자들이 수술 이후 복용하는 갑상선 호르몬제인 '신지로이드'는 복용하는 용량이 아주 중요하다. 매번 진료할 때마다 혈액 검사를 통해 수치를 봐가면서 '적절히' 용량을 조절해 주어야 한다. 수치가 너무 높으면 재발의 위험이 커질 수 있고 그렇다고 너무 낮으면 '항진증'등의 부작용이 나타날 수 있기 때문이다.

5년 지나면 완치? 10년 지나도 재발 가능

나를 집도했던 교수님은 작년 여름에 미국으로 1년간 해외 연수를 떠나셨다. 그래서 지난번과 그 지난번 외래 진료 때 다른 교수님께 대진을 받았다. 이번에도 대진을 해주던 교수님께 진료를 받는 것으로 예약되어 있었는데 병원을 방문한 그 날, 때마침 해외 연수를 다녀온 교수님이 계셔서 진료를 받을 수 있었다.

"잘 지내셨어요? 블로그는 잘 봤습니다."

내가 진료실에 들어가자마자 교수님이 나에게 제일 먼저 건넨 말이었다. 나는 깜짝 놀라 어떻게 아셨냐고 물었더니 검색을 하다가 보셨다고 했다. 이렇게 다시금 블로그의 힘을 실감할 수 있었다.

오후 늦은 시간이라 그런지 그 날따라 '갑상선센터'에는 대기 환자들이 별로 없었다. 그 덕에 나는 오랜 시간 편히 진료를 받을 수 있었다. 반가운 인사로 시작한 내 진료는 '현재 약을 잘 챙겨 먹어서 관리가 잘 되고 있다'는 말과 함께 내 혈액 검사 결과 수치를 보면서 각 항목에 대한 상세 설명을 잘 들을 수 있는 시간이 되었다.

이제 다음 달이면 내가 갑상선암으로 인해 중증환자가 된 지 만 2년이 된다. 지금과 같이 관리를 잘해서 앞으로 3년 뒤면 '완치' 판정을 받게 되는 것이다. 재발이 되지 않으면 지금처럼 큰 이슈 없이 외래 진료 다니면서 약 먹으면 된다. 하지만 암 경험자에게 '재발'의 리스크는 항상 존재한다.

내가 인터넷을 통해 간접 경험한 사례 중에는 10년이 훨씬 넘어 재발한 사례가 있었다. 5년이 지나면 완치라고 하는데 10년이 지난 재발 사례는 충격이었다. 그 말씀을 드리니 교수님은 자신이 본 사례 중에 '23년'만에 재발한 사례도 있었다는 말씀을 하셨다. 그 말은 5년이 지나 완치가 되어도 언제든 재발할 수 있다는 위험 부담을 안고 살아야 한다는 이야기가 되었다.

완치 판정을 받는 5년째까지는 1년 주기로 정기검사를 통해 재발 여부를 확인한다. 그리고 5년이 지나 완치 판정을 받으면 2년 주기로 정기검사를 진행한다고 했다. 그리고 이번에 안 사실인데 완치 판정을 받기 전 마지막 5년 차에는 방사성 요오드 치료를 받을 때처럼 신지로이드 복용을 한 달간 중단한 채 혈액검사를 통해 수치를 확인하는 검사를 한다. 초음파 검사로는 나오지 않는 재발의 위험을 없애기 위해서라고 했다.

지금 멀쩡하게 생활하고 있기에 '이제 다 끝났다'고 생각하고 있었다. 그래서 암 진단 이전과 같이 가끔은 술도 진탕 마시면서 정상인들과 똑같이 살고 있었다. 그런데 교수님과 향후 치료 일정에 관해 이야기를 나누다 보니 나는 아직 '암 환자'였고 나 스스로 너무 나태해진 것이 아닌가 반성하게 되었다.

오늘 진료는 평소 외래 환자들이 밀려 급하게 잠깐 교수님의 얼굴만 보고 나올 때와 달리 편하게 이런저런 이야기를 나눌 수 있는 시간이었다. 약을 잘 챙겨 먹어서 관리가 잘 되고 있다는 말과 함께 지난번에 올렸던 약 반 알을 이번엔 다시 줄일 수 있었다.

진료를 받고 집으로 돌아오면서 33회로 마무리했던 내 연재글 생각이 났다. 지금 내 몸 멀쩡한 것 같으니 이후에도 아무런 일 없을 거라는 생각에 완결을 지었던 이야기다.

최근 내 이야기를 보고 힘을 얻어 수술을 결정했다는 한 갑상선암 환자분에게 메일을 받았다. 그분의 메일을 읽고 내가 처음 내 이야기를 블로그에 쓰기 시작했을 때가 생각났다. 다른 누군가는 내 글을 읽고 나처럼 고생하지 않았으면 좋겠다는 생각에서 쓴 글이었다.

내 글을 보고 용기를 내 치료를 결심한 사람들은 내 글을 읽으면서 또 다음 치료에 대한 마음을 다잡을 것이다. 그런데 내가 이렇게 중간에 글쓰기를 멈춰 버리면 그 들엔 길잡이가 사라지는 거라는 생각이 들었다. 그래서 나는 다시 내 투병일기를 써가기로 했다.

최소한 '완치' 판정을 받을 때까지는 글을 계속 쓰기로 마음먹었다. 어떤 병을 가진 환자든 그들의 최종 목표는 '완치'일 것이다. 진단부터 완치까지 내 글을 읽고 용기를 낸 많은 사람에게 끝까지 길잡이가 되어 줄 것이다.

갑상선 암덩이를 주고 내가 얻은 것

2013년 10월 22일 갑상선암 수술을 받은 날이다. 그 힘들었던 시간이 어떻게 지나갔는지 모르게 벌써 2년 여가 흘렀다. 지난 2년 동안 많은 일들이 있었지만 가장 크게 달라진 건 바로 내 '명함'이라고 할 수 있다. 대한민국 사회에서 개인의 존재는 아주 미미하다. 단지 어느 조직에 소속되어 있는 누구인지가 중요하다.

물론 나도 그렇게 생각하는 사람 중에 한 명이었고 그러다 보니 힘들고 지쳐도 그 명함을 잃지 않기 위해 나와 가족을 등한시하며 살아 왔다. '갑상선암'은 나를 힘들게도 했지만 앞만 보고 달려온 나를 잠시 멈추게 하고 나와 내 가족 그리고 진정한 인생의 행복을 찾게 해 준 고마운 존재이기도 하다. 만약 그 일이 없었다면 나는 아직도 다람쥐 쳇바퀴 돌듯 지난날의 그 생활을 해왔을 것이다.

언제까지나 내 곁에서 그대로 있을 것만 같았던 어머니는 어느새 백발의 노인이 되어 있었다. 내일 모레면 여든을 바라 보는 나이다. 평생을 고생만 하고 살아온 어머니. 자식이 힘들게 버는 돈, 병원비로 쓰는 것마저 아까워서 아파도 제대로 된 검사 한번 받지 않고 진통제로 버텨가면서 하루하루 살고 계셨다.

직장에 다닐 때는 한 집에 살아도 어머니와 얼굴 마주치는 시간은 거의 없었다. 아침 일찍 출근해서 밤늦게 들어오면 어머니는 이미 주무시고 계시는 경우가 많았기 때문이다. 그리고 내 몸이 힘들다 보니 어머니가 어디 아픈지 살펴볼 겨를도 없이 살았다. 기침을 하거나 어디가 불편한 모습이 보이면 '제발 참지 말고 병원 가라'며 짜증을 내기만 했었다.

홀로서기를 시작하고 어머니와 함께 보내는 시간이 늘어나면서 자연스럽게 어머니의 건강에도 신경을 더 쓸 수 있게 되었다. 평소에 어디가 불편한지, 병원은 제대로 다니시는 건지 살필 수 있었다. 그리고 내가 직접 병원을 예약하고 모시고 갈 수도 있었다. 그렇게 어머니가 포기하고 살던 고질병을 고치기 위해 대학병원까지 모시고 갔고 고질병들은 하나씩 좋아지고 있다.

갑상선암 수술을 받은 뒤 건강을 회복하기 위해 직장을 쉬게 되었다. 모처럼만에 여유를 가지고 인생을 살다 보니 평소에 보지 못했던 것들이 보이기 시작했다. 나의 꿈과 나의 가족들이 그것이었다. 그렇게 직장에 복직을 하고 1년 만에 나는 독립 선언을 했다.

대기업 사원에서 미래가 불투명한 '사업가 지망생'으로 신분을 바꾸겠다고 하니 어머니는 크게 걱정하시면서 반대하셨다. 하지만 내가 죽을 고비를 넘겨오는 것을 옆에서 봐온 어머니기 때문에 '이제는 진정으로 내가 하고 싶은 일을 찾아서 하고 살겠다'는 아들의 뜻을 끝까지 말리진 못하셨다.

지난 3월 8일. 3108일간을 근무해온 직장에서 나왔다. 매달 꼬박 꼬박 나오던 월급은 없어졌지만 매달 나가야 하는 지출은 그대로였다. 나 혼자라면 어떻게든 살겠지만 어머니를 모셔야 하기에 마냥 천천히 할 수만은 없었다. 하지만 독립을 하고 몇 달간 내 한 달 수입은 월급의 절반도 안 되는 수준으로 떨어졌다.

2010년 급한 돈이 필요해 퇴직금 마저 중간정산을 받았다. 그리고 5년이 채 안 되는 근무기간 동안의 퇴직금을 받았다. 그때는 그게 최선이었지만 막상 이렇게 회사를 나오고 보니 그 퇴직금 중간정산이 후회가 됐다. 그래도 이 돈이 내가 홀로서기할 동안의 시간을 벌어줄 돈이기에 아주 소중했다.

직장을 나오는 시점에 얼마 안 되지만 적금도 하나 만기가 되었다. 그 적금과 퇴직금을 몽땅 찾아 CMA 통장에 넣어두고 매달 모자란 생활비를 충당했다. 그렇게 시간은 점점 흘러 통장 잔고가 줄어들고 있었다.

줄어드는 통장잔고를 보고 있지만 크게 불안하지는 않았다. 돈이 떨어지면 시간을 쪼개 편의점 아르바이트라도 할 생각으로 홀로서기를 결심했기 때문이다. 내가 하는 일은 시장이 아주 크진 않지만 투자 시간 대비 효율이 좋은 일이다.

그리고 시간과 공간의 제약 없이 컴퓨터와 인터넷만 있으면 업무를 볼수 있다 보니 자유롭다. 그렇기 때문에 편의점 아르바이트를 하면서도 충분히 업무를 볼 수 있는 일이다. 그렇기 때문에 불안하지 않았다.

마음을 편히 가지고 내가 좋아하는 일을 해서이기 때문일까? 독립생활 8개월째 드디어 월 수입이 직장 다닐 때의 월급을 훌쩍 뛰어 넘었다. 물론 이 수입이 지속적으로 계속되어야 한다. 들쑥 날쑥 다시 수입이 줄어들 순 있겠지만 콘텐츠 사업이라는 게 데이터가 축적될수록 매출이 발생될 가능성도 함께 커지는 것이다 보니 더 희망적이라고 생각한다.

블로그 지도에 찍힌 깃발이 늘어날수록 인생의 행복 또한 더 커져간다

갑상선암 투병 생활을 시작하면서 '블로그'를 시작했다. 그리고 직장에 복귀해서 퇴사를 할 때까지 1년이 넘는 시간 동안 블로그에 찍힌 내 지도는 전부 '부산' 아니면 '경남' 일부 지역에 국한되어 있었다. 이렇게 넓은 세상에 살면서 아주 좁게 살아온 거다. 이제 자유의 몸이 되면 한 달에 한 번은 여행을 떠나자고 마음을 먹었다.

직장을 나올 때 내 지인들은 '해외여행'을 많이 추천했다. 그 이야기를 듣고 나도 그러려고 했다. 그런데 가만히 생각해보니 나는 30년이 훨씬 넘는 세월을 살면서 '제주도' 한 번 가보지 못했고 우리나라 내륙지방도 제대로 돌아다녀 본 적이 없다는 걸 깨달았다.

그렇게 나는 내가 좋아하는 '캠핑'을 하면서 여기저기 여행을 다니기 시작했다. 그리고 지금 내 블로그 지도엔 전국 8도 중에 전라남도와 강원도를 제외한 모든 지역에 깃발이 꽂혀 있다.

그리고 태어나 처음으로 어머니를 모시고 단둘이서 여행을 떠나기도 했다. 지난 5월엔 꽃게철을 맞아 태안해안 국립공원을 다녀왔고 이번엔 단풍철을 맞아 내장산 국립공원 여행을 다녀왔다. 평소 집에선 무뚝뚝한 성격이라 어머니와 많은 대화를 나누는 편이 아닌데 바깥에 나가 오랜 시간 함께 돌아다니다 보니 자연스럽게 어머니와도 더 많은 이야기를 나눌 수 있는 시간이었다.

또한 친인척 형제들과 함께 하는 모임도 정기적으로 갖기 시작했다. 그 전엔 몇 년이 지나도 얼굴 한 번 보지 않고 지내왔다. 명절에도 서로 서로 자기네 식구들 챙기기 바빴기 때문이다. 그렇게 서로 소통 없이 지내다 보니 서로 오해가 생기고 점점 멀어지게 되었던 것 같다. 하지만 내가 암 투병을 시작하면서 '피는 물보다 진하다'는 것을 느꼈다. 놀라서 달려온 우리 친인척 형제들. 그 이후로 2달에 한 번씩 모여 행복에 대한 이야기를 나누고 있다.

아직 '완치' 판정을 받기까지는 3년이라는 시간이 남아있다. 또한 암 경험자는 2차 암 발생률이 높기 때문에 더욱더 조심하면서 지내야 한다. 시간이 지나면서 처음 치료를 받을 때와 달리 건강을 생각하는 마음이 나태해졌다는 것을 느낀다. 자제하려던 술도 이제 많이 마시고 있다. 하지만 예전과 다른 건 '행복한 술자리'를 가지는 일이 많다는 거다. 예전처럼 불만에 가득 차서 직장 상사나 또 다른 누군가의 험담을 하면서 쓰디 쓴 술을 마셨던 날과는 다르다.

현재 나는 3가지의 명함을 가지고 있다. 그리고 또 다른 일을 찾아 노력하고 있다. 어떤 사람들은 나에게 '도대체 니 정체가 뭐냐?'고 묻기도 한다. 내 꿈이 뭔지도 잊고 살아온 내가 이렇게나 하고 싶은 일이 많은 사람이었냐는 거다. 나는 차근 차근 내 꿈들을 다시 이뤄가고 있다. 그것도 아주 행복하게 말이다.

모든 병은 마음에서부터 온다는 말이 맞는 것 같기도 하다. 얼마 전 어떤 세미나에서 '스트레스 테스트' 하는 화면을 봤다. 그 화면은 내가 직장 다닐 때도 봤던 화면이었다. 그때는 엄청 화면이 울렁거리게 보였는데 신기하게도 이번엔 딱 멈춘 정지화면으로 보였다. 스트레스 지수가 낮다는 거다. 그만큼 나는 행복한 삶을 살고 있다. 이 삶은 '갑상선암'이라는 계기가 없었다면 없었을 삶이다.

모든 일은 받아들이기 나름이다. 지나간 일에 연연해하지 말고 앞으로 다가올 날들에 대해 긍정적으로 생각하고 행복한 삶을 살기 위해 노력한다면 모두가 행복한 삶을 살 수 있을 거라 생각한다. 해보지도 않고 '이래서 안돼, 저래서 안돼'라는 생각은 금물이다. 나도 '분석마귀'처럼 현실만을 생각하며 안주했다면 아직도 부정적인 생각이 가득한 직장인으로 살고 있을지도 모른다. 그리고 그랬다면 내 가족과의 행복도 없었을지도 모른다.

물론 '돈'이 없으면 행복한 삶을 살기에 어려운 건 사실이다. 그렇다고 돈이 행복의 조건은 아니다. 행복한 인생을 살려고 노력하면 돈이 자연스럽게 따라오는 거지 돈만을 먼저 생각한다면 행복한 인생을 살기 힘들다. 그렇기에 나는 오늘도 사람들에게 이렇게 이야기한다. '암~ 난 행복하지!'

암에 걸린 뒤에야

나만의 시간을 갖게 됐다

2013년 가을. 갑작스런 갑상선암 진단을 받고 치료에 들어갔다. 평범한 대한민국의 직장인으로 살아가고 있던 나였는데 갑자기 닥친 불행은 나를 너무 힘들게 만들었다. 정신없이 수술과 방사성 요오드 치료를 받으며 석 달이라는 시간이 흘렀고 나에게는 조금씩 생각의 변화가 찾아왔다.

난생처음으로 서른이 넘어 큰 병에 걸리고 나서야 오롯이 나만을 위한 시간을 보낼 수 있었다. 어려운 가정 형편 탓에 열아홉부터 12시간씩 2교 대로 근무하는 공장에 취직을 했고 서른이 넘도록 15년이라는 시간을 쉴 틈 없이 치열하게 경쟁하는 사회 속에서 살아왔다. 돌이켜보면 그 치열하게 살아온 시간들에서 벗어나 뒤도 돌아보고 쉬어가라는 뜻에서 이 병이 나에게 찾아온 것이라는 생각도 든다.

처음 치료를 시작하고 서 달 동안은 아무것도 하지 않고 내 몸 챙기는 데만 집중하며 보냈다. 수술과 방사성 요오드 치료라는 큰 산 2개를 넘어 회복 단계에 이르고 나니 15년 동안 날 괴롭히던 스트레스가 없는 삶이 얼마나 평화롭고 행복한지 깨닫게 되었다. 그리고 '죽음'이라는 공포가 현 실로 다가오니 책에서만 보던 인생의 참된 행복의 의미가 뭔지, 어떻게 실 천해야 하는 것인지도 스스로 깨우치게 되었다.

갑상선 암덩이와 함께 직장인의 명함을 버렸다

나처럼 힘들어할 누군가를 위해서 블로그를 만들고 글을 썼다. 오랜 직장생활을 하면서 가장 많이 한 일이 뭐냐고 묻는다면 아마 업무 내용을 정리해서 관련되는 사람들에게 e-메일 보내는 일이었을 것이다. 그래서인지 나에게 '글 쓰는 일'이란 별 다른 노력 없이도 바로 시작할 수 있는 아주 쉬운 일이었다.

그리고 우연히 발견한 내 초등학교 '상장'들을 보니 대부분 글짓기 대회에서 입상해서 받은 상들이었다. 가만히 생각해보면 어릴 적에도 나는 글쓰는 것에 대한 두려움은 없었던 것 같다. 글짓기 대회가 있어 책상 위에 백지를 올려놓고 고민하는 친구들과 달리 주어진 시간의 반 정도가 지나면 이미 내 백지는 빼곡한 글로 차 있었다. 그리고 나머지 시간은 글 짓기를 포기한 친구들과 노닥거리며 여유롭게 보냈다.

인지하고 있지는 못했지만 어릴 적부터 가지고 있던 그 재능은 직장에서 보고서나 e-메일을 쓸 때 별 고민 없이 남들보다 빠르게 작성할 수 있었던 원동력이었고 이후 블로그를 만들고 사람들에게 내 투병일기를 들려줄 때도 아주 유용하게 사용이 되었다. 그리고 더 나아가 '시민 기자'라는 이름으로 여러 매체에 내 글을 실을 수 있는 영광을 안겨주기도 했다.

누군가 나에게 평범한 직장인에서 1인 기업을 운영하는 사업가로의 변신 동기를 꼽으라면 단연코 '갑상선암'과 '블로그'를 꼽는다. 갑상선암을 겪으면서 인생을 행복을 찾을 수 있었고 내가 진짜로 하고 싶은 일을 하면서 살아야겠다고 결심을 한 계기가 되었다. 그리고 블로그에 글을 쓰기 시작하면서 자연스럽게 내가 어떤 일을 할 때 가장 행복한지 찾을 수 있었다.

내가 블로그에 투병일기를 쓰기 시작하면서 내 블로그 방문자는 조금씩 늘어나기 시작했다. 그리고 몇 달이 채 되지 않아 일 방문자 1천 명을 돌파했다. 그리고 많은 갑상선암 환자와 그 가족들이 내 투병일기를 보고 힘을 얻었다고 댓글을 달아주었고 내 경험을 대충 써놓은 그 글을 보고 나에게 너무 감사하다고 말하는 사람들도 있었다.

내 블로그를 찾아오는 사람들을 보면서 내가 처음 암 진단을 받았던 순간이 떠올랐다. 나는 '갑상선'이라는 장기가 우리 몸 어디에 있는지도 모르고 살고 있을 때였다. 그런 나에게 기댈 곳이라고는 인터넷에 떠도는 정보들뿐이었다. 하지만 아무리 검색을 해도 내가 진짜로 원하는 정보는 잘 찾기가 쉽지 않았다.

당시의 나와 비슷한 감정의 사람들이 내 블로그에 와서 투병일기를 본다면 '고마운 마음이 들 수 있겠구나' 하고 생각했다. 그리고 나는 내 이야기가 필요한 더 많은 사람들에게 내 이야기를 알리기 위해서 인터넷 신문 〈오마이뉴스〉에 내 글을 연재하기 시작했다. 그 결과 가끔 포털 사이트 뉴스 순위권에도 내 글이 걸리기도 하면서 많은 사람들이 내 이야기를 봐주었다.

대한민국 암 발병률 1위가 갑상선암이라고 한다. 물론 과잉 진단에 대한 논란도 있긴 하지만 막상 자신의 몸안에 암 덩어리가 있다는 사실을 알게 되었다면 이야기는 달라진다. 그리고 '착한 암', '효자암', '거북이 암' 등으로 불리며 '암도 아니다'라고 쉽게 이야기하는 사람들도 많아 실제로 갑상선암으로 고생하는 사람들의 마음에 더 큰 상처를 주기도 한다.

사회에서 바라보는 갑상선암 환자들에 대한 시선이 그렇기에 우리들은 외롭다. 소통과 공감이 필요하다. 하지만 주변엔 진심으로 공감해주고 이해해 주는 사람이 별로 없다. 그래서 우리는 같은 병을 경험한 사람들을 찾아 서로에게서 위안을 받는다. 그런 마음을 너무나 잘 알기에 나는 내 이야기를 인터넷에 쓰는 것을 넘어 책으로 출간해야겠다고 마음을 먹게 되었다.

초음파 검사,

내 목 안에 '달 표면'이...

시간은 어느덧 흘러 6개월 만에 병원 가는 날이 다가왔다. 한창 치료를 받을 때는 병원을 자주 다니다 보니 스케줄을 잊어버릴 일이 없었는데 최근엔 6개월마다 한 번씩 병원을 다니다 보니 다음번에 병원에 가서 어떤 검사를 받고 진료를 받아야 하는지 잘 잊어버린다.

내가 다니는 대학병원은 병원비 영수증 옆에 다음 진료 예약증이 함께 붙어서 나온다. 그 예약증을 찢어서 항상 지갑에 넣고 다니고 있다. 이번 예약은 2월 25일 오전 10시 30분이고 비고란에 2월 18일 '채혈'이라고 적혀 있었다. 보통 채혈을 하고 나면 1시간 정도만에 바로 결과를 볼 수 있기 때문에 진료 당일 채혈을 했었는데 이번엔 일주일 전에 채혈을 해야 하는 걸 보니 뭔가 다른 검사가 있었던 것 같은데 도통 기억이 나질 않았다.

채혈을 하러 병원을 가기 이틀 전에 병원으로 전화를 걸었다. 그리고 예약 내용을 확인하니 '초음파 검사'가 예약돼 있었다. 전화를 받은 간호사가 오전 9시 15분까지 병원으로 와야 한다고 안내해줬다. 6개월 만에 나는 까마득히 잊고 있었다. 내가 아직 고위험군의 '중증환자'라는 사실을. 이번에 초음파 검사를 하면 수술하고 두 번째로 받는 초음파 검사가 된다.

나는 갑상선에 3cm 크기의 악성 종양을 발견했고 갑상선을 모두 드러내는 전절제 수술을 받았다. 갑상선과 함께 전이가 의심되는 24개의 림프절을 함께 제거했고 조직검사 결과 그중 7개의 림프절에서 전이가 발견됐다. 추가로 있을지 모르는 전이 병소를 치료하기 위해 '방사성 요오드 치료'도 진행했다.

그로부터 2년이 조금 넘는 시간이 지났다. 그 병으로 인해 나의 인생이 달라져 그 전과 다른 삶을 살고 있긴 하지만 요즘엔 술자리에도 자주 참석하고 내가 병을 앓기 전처럼 '건강에 좋지 않은' 것들도 접하면서 지내고 있다. 치료가 한창 진행되던 당시엔 절대 그러지 않았는데 시간은 인간을 참으로 무디게 만드는 것 같다.

잠시 내가 고위험군의 중증환자라는 사실을 잊고 지내다 몇 달 만에 병원 갈 때가 되면 다시 긴장된다. 특히 이렇게 초음파 검사를 해야 할 때면 괜스레 아무것도 없는 목 아래쪽을 거울에 비춰보며 괜찮을 거라며 스스로를 위로하기도 한다. 나처럼 한번 암을 경험한 사람이라면 평생 이런 긴장감 속에서 살아가고 있을 게다.

평소 나는 오전 9시에 기상해 조그만 내 작업실로 10시에 출근을 한다. 그런 생활 패턴에 익숙해져 있다가 아침 일찍 부산에 있는 대학병원까지 가야 하는 날이면 예전 직장생활을 할 때처럼 일찍부터 일어나 졸린 눈을 비비며 병원에 간다. 이렇게 생활 패턴이 갑자기 바뀐 날이면 그날은 물론이고 그 다음날까지도 몸이 아주 피로하다.

아침에 졸린 눈을 비비며 병원으로 갔다. 오랜만에 도착한 병원 주차장은 언제나처럼 만원이었고 한참을 기다려서야 겨우 주차장에 들어갈 수 있었다. 다행히 늦지 않게 일찍 서둘러 왔기에 늦지 않고 초음파 검사를 받을 수 있었다.

초음파 검사실 앞에서 점퍼를 벗고 내 이름이 불려지기를 기다렸다. 언제나 대학병원에 오면 '아픈 사람들 정말 많다'는 생각이 든다. 나 또한 그들 중에 한 명이긴 하지만 대부분이 나이가 많은 환자들이었고 그 들 사이에 내가 끼어있으면 '젊은 사람이 어쩌다…'와 같은 눈빛으로 나를 위아래로 훑어보는 사람들도 있었다.

초음파 검사실 안은 어둡다. 그래서 왠지 더 음산한 기운이 돈다. 검사 장비 옆에 있는 침대에는 베개가 하나씩 놓여 있는데 갑상선 초음파 검사를 할 때는 베개를 머리가 아닌 어깨에 베고 누워 머리가 최대한 뒤로 젖혀지게 눕는다. 그리고 레스토랑에서 냅킨을 목 셔츠 안에 꽂듯이 키친타월 같은 종이를 티셔츠 목 안으로 넣어 검사 준비를 한다.

초음파 검사 장비를 목에 가져다 대면 끈적한 점액이 검사 장비와 함께 피부에 닿는다. 지금까지 수도 없이 그 검사를 받았지만 여전히 그 느낌은 적응이 잘 안 된다. 초음파 검사를 받는 5분여 시간이 아주 길게 느껴진다. 검사기를 목에 가져다 대면 모니터 화면에 내 목 안쪽이 보인다. 동그란 구멍이 뻥뻥 뚫린, 달의 표면과 같은 화면이 보였다.

초음파 검사를 해주시던 선생님께서 '방사성 요오드 치료를 받으셨냐'고 물으셨다. 내 목 안쪽이 그렇게 달 표면처럼 구멍이 뚫린듯한 모습을 한 게 방사성 요오드 치료로 인한 자국인 듯했다. 그리고는 이내 수술받은 부분에 대해서는 '별 문제없다'는 이야기를 해주셨다. 단지 수술할 때 함께 절개했던 오른쪽 귀 아랫부분 '피지선'에 또 0.5cm가량의 피지선이 보인다고 하셨다.

8년 전 즈음 오른쪽 귀 아래에 있는 피지선이 점점 커져서 고름이 가득 찬 '화농'이 됐다. 턱이 엄청 부풀어 오르며 통증이 심해졌고 급하게 동네 병원에 가서 절개를 하고 고름을 짜냈다. 그렇게 한 달간을 매일 소독하러 다니며 고생을 했다. 하지만 완치는 되지 않았고 2년 만에 똑같은 부위에 또 고름이 차서 절개를 해야 했다.

두 번의 절개를 했는데도 이후에 계속 같은 부위에 조그만 '몽우리'가 만져졌다. 그리고 그 몽우리는 갑상선암 수술을 할 때 뿌리를 뽑자면서 함께 제거됐다. 그렇게 8년 동안 나를 괴롭히던 녀석인데 아직도 다 사라지지 않고 여전히 그 자리에서 또 자라나고 있었다.

혈액검사 결과를 보던 교수님의 한마디 '약 잘 안 먹죠?'

초음파 검사와 채혈을 하고 일주일 뒤 교수님을 만났다. 검사 결과 초음파에서는 이상이 없다는 소견과 함께 오른쪽 턱 아래 몽우리는 '땀샘'에서 생겨나는 것이라며 나중에 좀 더 진행이 되면 한 번 더 제거해야 한다고 하셨다. 벌써 세 번을 절개했는데 또 해야 한다고 하니 우울해졌다.

혈액 검사 결과를 보시던 교수님께서 '약 잘 안 먹죠?'라고 하셨다. 나는 아침에 눈 뜨면 제일 먼저 약을 먹는다. 나는 갑상선을 전부 드러냈기 때문에 평생 동안 '신지로이드'라고 하는 갑상선 호르몬제를 먹어야 한다. 나는 하루도 빠짐없이 약을 잘 챙겨 먹는데 약을 잘 안 먹느냐고 물으시니 당황스러우면서도 '뭔가 잘못됐구나'라는 생각이 들었다.

혈액검사 결과 갑상선 자극 호르몬인 'TSH(Thyroid-Stimulating Hormone)' 수치가 3이 넘는다며 약을 잘 안 먹거나 한약 같은 걸 먹는 게 아니냐고 하셨다. TSH가 3 이면 갑상선 기능상 정상범위 안 이긴 하지만 나는 갑상선암 수술을 받은 '고위험군'의 환자이고 그 환자들은 0.1 이하로 관리를 한다. 지금까지 나는 매번 혈액 검사에서 약간의 변동은 있었지만 수치가 잘 관리돼 왔는데 6개월 만에 수치가 많이 올랐다.

나는 걱정이 돼 왜 그런 것인지 여쭈었고 교수님은 이전 기록들을 살피시며 아침마다 먹는 신지로이드를 '반알' 더 먹도록 용량을 높여 주셨다. 그리고 반알 용량을 높여 6개월 뒤에 다시 혈액검사를 해보자고 하셨다.

지난번 교수님이 1년간 미국에 연수를 가셨을 때 다른 교수님께 두 번의 대진을 받았다. 그때에도 약간씩 수치가 올라가면 반알 추가처방을 받았는데 교수님이 복귀하시면서 다시 반알을 낮췄다. 그리고 수치가 올랐다. 반알 추가 처방을 받으면서 6개월 뒤에는 수치가 내려가 있을 거라고 생각하지만 여전히 불안한 마음은 어쩔 수 없었다.

불안해하는 나에게 교수님은 '강상오 씨 글을 보고 병원에 찾아오는 환자들이 많다'며 말을 걸어주셨다. 내가 블로그에 쓴 치료 후기를 보고 교수님에게 치료를 받기 위해 찾아오는 환자들이 많다는 것이었다.

나는 그 후기들을 모아서 현재 출판을 준비 중이다. 책 제작을 앞두고 있기에 교수님께서 말을 꺼낸 김에 책에 들어갈 '축사' 글을 좀 써주실 수 없겠느냐고 부탁드렸다. 하지만 부담스럽다며 거절을 하셨다. 크게 기대는 하지 않았지만, 막상 거절당하니 아쉬웠다.

이제 또 6개월이라는 시간을 벌었다. 집에 돌아오는 길, 쇼핑백 한가득 6개월치 약이 담겨 있었다. 그리고 또다시 한창 치료를 받던 초심으로 돌아가 '건강'한 삶을 살 수 있도록 더 노력해야겠다고 다짐했다.

지금도 하루에 몇 명씩이나 내 블로그에 댓글로 병에 대해 묻는 사람들을 귀찮아하지 말고 좀 더 친절히 대해야겠다. 불과 2년 전의 내 모습인데 벌써 무뎌지면 안 된다. 그리고 조금이라도 그들에게 힘이 될 수 있는 사람이 돼야겠다. 이 병이 내 인생을 바꿔줬으니까.

'시간'은 점점

나를 무뎌지게 만들었다

이제 한달 뒤면 수술하고 세 번째 돌아오는 정기검진이다. 처음 병을 발견하고 치료를 받을 땐 '현재'라는 시간안에 갇혀버린 듯한 기분이었는데 어느새 햇수로 투병 5년차가 되었다. 최근 창업활동으로 인해 정신 없는 나날들을 보내느라 연말연시 기분도 느끼지 못했는데 새해를 맞이하던 지난 12월 31일, TV를 보다 문득 방사성 요오드 치료를 위해 독방에 갇혀 2014년 새해를 맞았던 기억이 났다.

2017년 새해를 맞이하면서 나는 하나의 계획을 세웠다. 그건 바로 '체중조절'이다. 지금의 내 체중은 한창 몸이 불어난 상태로 수술을 받던 지난 2013년과 같다. 그만큼 나 스스로에게 또 다시 나태해져 '건강'이라는 녀석을 등한시 하고 살았다는 증거다. 체중이 늘어난 이유는 잦은 음주와 무분별한 식습관, 운동부족이다. 수술하고 회복하던 시절 살기 위해 매일 운동하고 몸에 좋은 것들만 먹던 나는 온데 간데 없었다.

수술과 방사성 요오드 치료라는 힘든 과정을 겪을 때 나에게는 '일상생활'이 목표가 되었다. 그렇게 감사한 '일상'을 얻고나니 금세 무뎌져 또 '막 살고' 있는 나를 발견했다. 나 자신에게 너무도 '너그러운' 내가 되어 있었다. 하지만 나는 아직도 국가에 등록된 '중증환자'이고 죽는 그날까지 눈 뜨면 약을 먹어야 하는 암 경험자다.

지난해 7월, 동료들과 새로 시작한 사업이 바빠지면서 나의 인생을 '기록'으로 남기는 일에 자연스럽게 소홀해졌다. 인생의 경험을 필요한 누군가에게 나누고 그 들에게 '희망'이 되고자 했는데 나의 역량에는 '한계'가 있다는 사실을 깨달았다. 하지만 여전히 내 블로그의 '킬러콘텐츠'는 '암 투병기'이고 아직도 많은 분들이 찾아와 질문과 응원의 댓글을 남기곤 한다.

언제부터였는지 불과 얼마전의 나와 같은 모습을 한 그들의 질문이 귀찮아졌다. 그들에겐 세상에서 가장 충격적이고 고민이 많은 시간일 텐데 나는 그 단계에서 같은 질문을 헤아릴 수도 없이 받고 답변하다보니 어느새 기계적인 답변을 내놓고 있었고 그 답변을 하는 것조차도 귀찮아졌다. 인간이란 참으로 간사하다.

귀찮았던 댓글 질문...나의 신년 계획을 만들어 주었다

집에서 4킬로미터 정도 떨어진 사무실에 이틀째 걸어서 출퇴근을 했다. 4킬로미터가 평지가 아니고 고개를 하나 넘어야 하기에 빠른 걸음으로 걸어도 1시간 20여분이 소요된다. 왕복 2시간 40여분. 최근 들어 운동이라곤 하지 않아 몸은 붇고 체력은 바닥으로 떨어진 상태에서 갑작스럽게 그 먼 거리를 걷는다는게 여간 여러운 일이 아닐 수 없었다.

안하던 걷기 운동에 골반이 아프고 발바닥이 아프다. 하지만 불규칙한 생활 패턴으로 인해 잠 못이루던 밤이 사라졌고 하루에 2시간이 넘는 시간 동안 내 인생을 다시금 되돌아보며 생각할 수 있는 시간이 생겨났다. 그리고 건강은 '덤'일 것이다. 그 시간은 이렇게 다시금 마음을 다잡고 내 인생을 '기록' 할 수 있는 동기가 되어주기도 했다.

며칠전 블로그에 남편의 갑상선암 진단으로 혼란스러워 하는 분이 찾아와 긴 질문을 남기셨다. 단 한 번도 경험해 보지 못한 일이다보니 병원에서 안내해주는 치료방법도, 주변 사람들의 이런 저런 말들도 다 무섭고 두렵기만 해 어쩔줄 몰라하는 상황이었다.

나도 그랬다. 처음 암 진단을 받고나면 당황을 한다. 그리고 수많은 이야기를 듣는다. 하지만 풀리지 않는 답답함과 두려움이 밀려온다. 그럴 때는 의사의 말 한 마디보다는 이미 그 병을 '경험'한 사람에게 '괜찮다'는 말이 듣고 싶다. 그 심정은 경험해보지 않은 사람은 모른다.

이 글을 보며 예전의 나를 떠올렸다. 그리고 '나는 무리 없이 지낸다'는 답변을 하면서 '초심'으로 돌아가자고 마음을 먹었다. 이렇게 중증환자의 새해는 또 다른 중증환자에게 위로받고 힘을 얻으면서 시작되었다.

블로그에 찾아오지 못한 채 힘들게 고민하고 있을 또 다른 사람들을 위해 책을 출판하고자 했던 나의 계획은 작년 동안 실행되지 못했다. 올해는 반드시 책을 만들어 더 많은 사람들에게 '희망'을 나눠주어야겠다. 그리고 나는 올 한해도 그들과 함께 건강하고 행복하게 살아야겠다.

혈액검사 결과표 본 의사의 말,

가슴이 '철렁'

요즘 만성 피로에 시달리고 있다. 사무실에 출근 하자마자 '피곤하다' 는 말부터 나온다. 수술하고 지금껏 이정도로 피로감을 느낀적이 없었던 것 같은데 분명 무슨 문제가 있는 것 같았다. 병원에 한번 찾아가볼까 생각도 했지만 곧 병원 진료가 예약 되어 있기에 좀 더 참고 기다리기로 했다.

창업 3년 차에 접어든 내 생활 패턴은 일반 사람들과 달리 오후부터 시작된다. 오전 11시쯤 일어나 사무실에 낮 12시쯤 출근해서 오후에 일과를 보고 저녁에 행사 스케줄이 없으면 일찍 집에 돌아온다. 업의 특성상 저녁에 행사 일정이 많이 잡히다 보니 자연스럽게 오후부터 근무하는 것이 패턴이 돼버렸다. 그러다 보니 행사가 있는 날은 귀가 시간이 새벽시간이 되는 날도 많아 오전 시간은 자연스럽게 잠자는 시간이 됐다.

최근 더워지면서 잠을 깊이 못자서 그런건지 계속해서 몸에 피로가 몰려왔다. 체중도 많이 늘었고 점점 하는 일도 거래처와의 미팅이 늘어나면서 스트레스를 받기 시작했기 때문일게다. 이번에 병원가면 아침마다 먹는 '신지로이드(갑상선 호르몬제)' 용량을 좀 늘려달라 해야겠다고 생각했다.

평소 오전 11시는 돼야 일어나는데 병원 진료가 오전 9시에 예약이 돼있다. 오전 9시 진료면 최소 오전 8시쯤엔 가서 채혈을 해야 진료시간에 맞춰 진료가 가능했기 때문에 아침 일찍 일어나야 한다. 일찍 일어나려고 진료 전날은 평소보다 일찍 잠자리에 들었지만 평소 새벽부터 오전까지 잠을 자던 습관 때문에 잠이 오지 않아 뜬 눈으로 밤을 지샜다.

잠 한숨 자지 못하고 일찍부터 병원으로 갔다. 휴가철이라 그런지 병원도 평소보다 한산한 기분이 들었다. 언제나처럼 본관 3층에 있는 채혈실에 가서 피를 뽑고 5분간 지혈하며 멍하니 앉아 있었다. 그리고는 일어나 옆 건물 5층에 있는 '갑상선암 센터'로 갔다.

예약증을 간호사분께 내고 접수를 했다. 채혈 후 결과가 나오는데까지는 최소 1시간 이상 소요되기 때문에 지금부터는 무작정 기다려야 한다. 내가 진료받을 교수님방 앞에 앉아서 하염없이 이름이 불려지기만을 기다렸다.

한참을 기다리니 이름이 불려졌다. 6개월만에 진료실에 들어간다. 진료를 받기 전날 창원에 있는 모 병원의 호스피스 병동에 미팅을 하러 갔었는데 거기에서 죽음을 기다리는 말기암 환자들을 봤다. 그들을 보며 남의 일 같지 않음을 느꼈고 오늘 진료실에 들어가는 내 마음은 왠지 더 무거웠다.

오랜만에 만난 교수님은 언제나처럼 환하게 나를 맞아주셨다. 그리고 혈액검사 결과를 모니터에 띄우시고는 또 지난번과 같은 말을 하셨다.

"약을 잘 안 챙겨 드셨구나"

그 말을 듣는 순간, '또 뭔가가 잘 못됐구나' 싶어 가슴이 철렁했다. 그리고 최근에 계속 피곤했던게 '이유가 있었구나' 싶었다. 계속해서 교수님께서 설명을 해주셨는데 역시나 이번에도 지난번과 같이 'TSH(Thyroid-Stimulating Hormone)'수치가 높다고 하셨다. 지난번에도 몇 번 이 수치가 높아서(기준치 보다는 낮았다) 약 복용 용량을 높여 낮춘 적이 있는데 이번엔 아예 기준치를 웃도는 수치가 나왔다.

나는 어두워진 표정으로 '빼먹지 않고 약을 잘 챙겨 먹었다'고 말씀드렸다. 그러자 '건강보조제' 같은 거 먹는 게 있느냐고 물으셨다. 하지만 난 그런 것도 먹지 않는다. 보통 여성환자들의 경우 건강보조제등에 들어 있는 성분 때문에 수치가 높게 나오는 경우도 있다며 나의 경우 수치가 왜 높게 나온 것인지는 혈액검사 결과만으로는 알 수 없다고 하셨다.

현재 흰색 1알의 약을 먹고 있는데 용량을 더 높여야 하는 것 아니냐고 여쭤보니 다른 수치들은 괜찮아서 용량을 높여 복용할 필요는 없다고 하셨고 재발 위험의 지표가 되는 'Tg(Thyroglobulin)'는 아주 안정적인 상태로 잘 유지되고 있다고 하셨다. 이제 석달 뒤면 만 4년 차에 접어들고 있기 때문에 1년만 더 조심하면 그토록 바라면 '완치'가 된다.

향후 8년 이내 사망할 확률이 69% 높다

진료실을 나와 검사예약센터로 갔다. 수술 후 1년에 한번씩 수술부위 '초음파' 검사를 통해 재발 여부를 확인하고 있기에 내년 1월에 있을 초음파 검사를 예약하기 위해서다. 이번 초음파 검사를 받고 나면 이제 완치까지 채 1년도 남지 않게 된다. 처음 암 진단을 받고 어떻게 해야 할지 몰라 당황하던 시절이 엊그제 같은데 그 힘든 시간도 이제 거의 다 지나가고 있다.

병원 볼 일을 마치고 매번 찾던 병원 앞 약국에 갔다. 지난번부터는 항상 약 처방시 함께 따라오던 비타민제도 처방되지 않고 오로지 신지로이드만 처방되고 있다. 조그만 흰색 알약 하나. 이 약이 내 삶을 계속해서 유지시켜주고 있는 생명줄 같은 것이다. 6개월동안 건강하게 살기 위해 또 쇼핑백 한가득 약봉지를 담아왔다.

집에 돌아와 시계를 보니 오전 11시가 조금 넘은 시간이었다. 오전 8시가 조금 넘어 집에서 나갔고 3시간 정도만에 집에 돌아왔다. 어젯밤 한숨도 못잔탓에 피로가 몰려왔다. 피곤하기도 하지만 또 6개월간 정상인으로 살아갈 수 있다는 사실에 기쁘기도 했다. 문자를 보내 동료들에게 오늘 사무실에 못나간다고 했다. 창업하고 제일 좋은 것 중에 하나다.

오랜만에 평일 오후 여유를 즐기며 어머니와 함께 맛있는 점심도 먹고 극장에 가서 영화도 한편 보고 마트에서 쇼핑도 하고 여느 사람들처럼 일상을 즐겼다. 그리고 집에 돌아와 앞치마를 매고 토마토 파스타와 야채스프를 만들어 어머니와 함께 저녁을 먹었다. 지극히 평범한 일상, 그 일상을 아주 소중하게 즐겼다.

4년, 길다면 길고 짧다면 짧은 시간. 최근엔 내가 아직도 '중증환자'라는 사실을 망각한채 살기도 한다. 아마도 5년간 6개월에 한번씩 병원에 오라는 이유가 '정신차리라'는 신호 같기도 하다. 또 이렇게 병원에 한번 다녀오고나면 한동안은 일상의 소중함을 느낀다.

처음으로 기준치보다도 더 높게 나온 TSH 수치가 신경쓰여 이리저리 관련 자료들을 뒤지며 공부를 했다. 그러다 한가지 충격적인 글을 보게 됐다. 'TSH수치가 2.5~5.0(기준치가 4.5까지이며 내 수치는 4.65였다.)인 사람은 TSH가 1.5인 사람보다 향후 8년이내 사망할 확률이 69% 높다'는 내용이었다.

한동안 그 글을 읽으며 멍했다. 지금 상황에서 내가 할 수 있는 건 아무것도 없었다. 그리고 오랜만에 '죽음'이라는 것에 대해서 다시 생각하게 됐다. 그리고 돌아온 오늘 하루 일상. 언제까지 함께할 수 있을지 모르는 우리 어머니와 가족들, 그리고 나와 함께 꿈을 위해 달려가고 있는 동료들 모두가 소중하게 느껴졌다. 8년이 됐든 5년이 됐든 10년이 됐든 내게 주어진 시간을 감사하며 살자. 언젠가 그 날이 와도 웃으며 맞이 할 수 있도록 말이다.

혈액검사도, 초음파검사도

모두 정상

한반도가 엄청난 한파로 인해 전국이 영하권의 추운 날씨가 계속되고 있던 지난 25일. 6개월 만에 병원 진료를 받기 위해 아침 일찍 일어났다. 최근 들어 밤낮이 바뀌다시피 한 생활을 하고 있어서 점심시간이 다 되어서야 일어나는데 평소와 달리 일찍 일어나려니 힘들었다. 추워서 그런지 따뜻한 이불 속에서 나오기가 더 싫었다.

2013년 10월 수술하고 벌써 만 4년이 훌쩍 지났다. 암이라는 병을 겪으면서 새로운 인생을 찾고, 다니던 직장을 그만두고 나와 제2의 인생을 시작하며 한달이 1년처럼 길게 느껴졌던 적이 있었다.

매일이 새로운 경험으로 신기했고 넓은 세상을 마주한다는 사실에 설렜다. 그런데 어느샌가 이 생활에도 적응을 했고 시간이 지날수록 '특별한 것' 없는 똑같은 일상 속에 살고 있다.

그렇게 어느샌가 4년이 지났고 '완치'가 가까워 오고 있다. 1년에 한번씩 정기적으로 받는 초음파 검사는 이번이 마지막 검사다. 가끔 보면 수술 후 방사성 요오드 치료 한번에 치료가 안 되서 여러차례 반복치료를 하며 고생하는 사람들도 많던데 나는 그래도 운 좋게 한번의 방사성 요오드 치료에 특별한 재발 소견없이 잘 지나가고 있다.

오랜만에 차 없이 대중교통을 이용해 병원으로 갔다. 아무래도 대학병원의 외래진료가 있는 날은 병원 주차장이 너무 혼잡해 주차를 기다리는 시간이 너무 길기도 했고, 때마침 부산에 또 다른 스케줄이 잡혔는데 주차장 협소로 대중교통을 이용해달라는 권고가 있었기 때문이다.

엄청 추운 날이라 내복까지 단단히 챙겨입고 병원으로 갔다. 집 앞에서 버스를 타고 부산지하철 2호선 구명역에 내려 지하철 2호선으로 개금역까지 이동, 또 내려서 백병원으로 올라가는 마을버스까지 환승을 해야 겨우 도착할 수 있었다. 마을 버스 내리는 위치가 지난번과 달라져 있었다.

마을버스를 내려 한치의 망설임도 없이 본관으로 들어가 3층으로 올라갔다. 본관 3층엔 채혈실이 있다. 채혈을 하고 결과가 나오기까지는 2시간이 넘게 걸리기 때문에 병원에 오면 무조건 채혈부터 하고 움직여야 한다.

채혈실 앞에 도착하니 평소보다 더 많은 사람들이 대기중이었다. 채혈실 접수카운터에 번호표 기계도 새로 생겨있었다. 그만큼 환자들이 더 많이 늘었다는 것으로 이해할 수 있었다.

겨울에 하는 채혈은 여름보다 불편하다. 아무래도 옷을 두껍게 입고 있기 때문이다. 채혈 번호표를 받고 패딩점퍼를 벗은 후 니트와 셔츠 그리고 그 안에 내복까지 3겹으로 된 팔을 걷어부쳐야 했다.

순식간에 채혈을 하고 알콜 솜으로 5분간 지혈을 하기 위해 옆에 있는 의자에 앉아 채혈한 부위를 누르고 있으니 지혈 하고 붙이라며 조그만 반창고를 나눠주었다.

반창고를 붙이고 옷을 입은 뒤 별관 5층에 있는 '갑상선센터'로 올라갔다. 오늘은 센터에서 1년 만에 목 초음파 검사를 하는 날이다. 당연히 이상이 없을 거라고 생각하고 있었지만 검사실 앞에서 기다릴 때는 언제나 긴장된다. 오전 9시반 예약이었는데 앞 예약자 검사를 아직 못하고 있을 만큼 밀려있어, 10분을 넘게 기다려야 겨우 검사 받을 수 있었다.

어깨 밑에 베개를 넣고 목을 뒤로 최대한 젖히고 눕는다. 그러면 간호사분께서 목 부분의 옷을 아래쪽으로 끌어내리고 초음파 검사에 사용하는 약물이 옷에 묻지 않도록 타월을 끼워서 준비해주신다. 그리고 검사가 시작된다.

찜찜하기 그지없는 초음파 검사 약물을 온 목과 턱에 묻혀가며 초음파 검사기로 목 안을 살핀다. 나도 누워서 초음파 검사기에 나오는 화면을 유심히 관찰하는데 내 목안은 수술 당시 제거한 갑상선과 림프절들의 흔적으로 구멍이 여기저기 뚫려 있는 것처럼 보인다.

생각보다 검사가 빨리 끝났다. 아무래도 특별한 이상이 없는 듯했다. 경험상 특별히 이상징후가 발견되면 해당 부위를 집중적으로 촬영해서 화면 캡처를 연신 해대는데 오늘은 그런 거 없이 무난하게 끝났다. 그제서야 긴장이 풀렸다.

이제 혈액검사 결과와 초음파 검사결과가 모두 정리되면 교수님을 만나 진료를 받으면 된다. 하지만 혈액검사 결과 나오기까지 2시간 정도는 할 일없이 병원에서 시간을 때우며 기다려야 한다. 항상 이렇게 시간이 남으면 병원 정문 앞에 있는 커피전문점에서 시간을 보낸다.

오늘도 그곳에서 커피 한잔을 시켜놓고 블로그 이웃들에게 '번개'를 쳤다. 혹시 같은날 병원에 와 있는 분 계시면 내가 커피를 쏘겠다고 했다. 하지만 날짜가 맞는 분이 안 계신지 번개만남은 성사되지 못했다.

피곤함도, 추운것도 잊을 만큼 기분 좋았던 하루

드디어 진료시간이 됐고 교수님을 만났다. 초음파 결과는 역시 예상대로 '재발소견 없음'으로 깨끗했다. 하지만 문제는 혈액검사다. 지난 2번의 혈액검사에서 'TSH(Thyroid-Stimulating Hormone)'수치가 기준치보다 많이 높아 몸이 피로하고 은근 스트레스였다. 그런데 다행히 이번 검사에서는 그 수치도 정상으로 돌아왔다.

대신 최근에 대인관계나 일적인 문제로 스트레스를 많이 받고 살았더니 소화가 잘 안되고 '신물'이 계속 역류해서 별도로 다른 약을 추가로 처방받았다. 하지만 기분은 나쁘지 않았다. 스트레스의 원인이 해결되고 있고 건강상태도 지난번보다 괜찮은 결과를 받았기 때문이다.

그리고 이제 다음번 진료인 9/27일을 마지막으로 혈액검사 한번이면, 나도 긴 5년간의 투병을 끝내고 '완치' 판정을 받을 수가 있다. 교수님 말씀으로는 완치판정 후에는 소견서 등 서류를 발급받아 '보험'에도 가입할 수 있을 거라고 하셨다.

병원을 나오는데 너무 기분이 좋았다. 나도 모르게 콧노래가 흥얼거려졌다. 오랜만에 일찍 일어나서 느껴졌던 피곤함도, 날씨가 너무 추워 오그

라들었던 몸도, 그 어느 것도 느껴지지 않을 만큼 얼굴엔 미소가 나왔다. '닭의 목을 비틀어도 아침은 온다'는 말처럼 드디어 나도 '중증환자'가 아니라 '일반인'이 될 날이 가까워 온다. 그리고 긴 시간 써온 나의 투병일기도 이제 마무리 할 때가 다가 온다.

5년간의 분투,

드디어 '완치'를 눈 앞에 두다

어느 날 건강보험공단에서 우편물이 하나 날아왔다. '또 건강보험료가 올랐나?' 싶어 우편물을 뜯어봤는데 뜻밖의 안내문이 봉투 안에 들어 있었다. 안내문 제목은 '본인일부부담금 산정특례 5년 종료 안내문'이었다. 이게 뭔고 하니, 내가 갑상선암 진단을 받고 등록했던 '중증환자' 혜택이 종료된다는 말이었다. 이제 5년이 경과하면 나도 '완치' 판정을 받고 '일반인'이 된다는 것이다.

하루하루는 느리지만 1년은 빠르다. 시간은 그렇다. 내가 건강검진에서 암을 발견한 뒤 수술받고 방사성 요오드 치료를 받기 위해 연말에 독방에 갇혀 지내던 그 시간이 엊그제 같은데 시간은 흐르고 흘러 벌써 '완치'를 바라보고 있다. 아직까지 내가 완치된다는 사실이 실감은 나지 않는다. 치료를 시작하고 수술받고 회복하던 집중 치료 시기 이후엔 거의 일반인이나 다름 없이 살아왔기 때문에 내가 크게 아프다고 느끼지 못하고 살았기 때문이다.

지난 5년을 돌이켜본다. 나는 초심을 많이 잃었다. 직장생활 중 술과 담배, 과로와 폭식에 찌들어 몸이 불어날 때로 불어났던 순간에 수술을 받고 수술 이후 오롯이 살겠다는 일념 하나로 다시 살도 빼고 담배도 끊고 술도 끊었다. 하지만 지금의 나는 담배는 입에도 대지 않았지만 술은 다시 마시기 시작했고 게으른 생활습관이 다시 몸에 베 다시 살이 찌고 내 인생 최고 몸무게를 찍고 다시 다이어트를 해야겠다고 마음을 먹는 중이다.

이처럼 인간은 나약하다. 내 의지가 약한 건지도 모르겠다. 아니면 진단받던 날 내분비내과 교수님께서 하셨던 '술은 괜찮지만 담배는 절대 안 돼요'라고 했던 그 말씀을 너무 깊이 새겨버렸는지도 모르겠다. 여튼 그로부터 시간은 흘렀고 지난 5년간 그럭저럭 나는 잘 버텨냈다고 생각한다.

가장 감사한 사실은 수술도, 방사성 요오드 치료도 한 번 만에 잘 치료가 됐다는 것이다. 3cm의 큰 혹에 림프절도 24개나 제거하고 그중에 7개에서 전이가 발견될 정도로 병이 깊이 진행됐었다. 그런데도 잘 치료된 것이 당연한 게 아니고 감사하다는 걸 다시 한번 생각해본다. 가끔 나와 같은 병을 겪은 환우 중 여러 번 재발을 하거나 방사성 요오드 치료를 여러 번 반복해야 했던 이들의 힘든 후기들을 보며 나는 진짜 이만한 게 감사한 일이란 걸 다시금 생각한다.

감사하기도 하지만 나 역시 지난 5년이 순탄치만은 않았다. 이제 죽을 때까지 매일 아침 눈을 뜨면 '신지로이드'라고 하는 갑상선 호르몬제를 먹어야 한다. 이제 자고 일어나면 약통부터 찾는 게 습관이 됐다. 이건 완치 판정을 받아도 그대로다. 이제는 약값에 특례 적용이 안 되니까 약값은 더 비싸게 지불해야 할 것이다.

그냥 평소와 다름없이 살아왔다고 생각했지만 알고보면 떨어진 나의 체력은 이 병의 예후와도 관계가 깊다. 약 용량을 매번 병원에 갈 때마다 혈액검사를 통해 늘이고 줄이고를 반복한다. 자연스럽게 내 몸에서 적당한 호르몬을 만들어 낼 수 없으니 임의적으로 약을 통해 호르몬 수치를 조절해야 한다. 그러다보니 과하거나 줄었을 때 내 몸에는 바로 부작용이 나타난다. 체중의 변화가 생긴다거나 피로감을 느낀다.

피로감을 느끼고 살지 않기 위해 나는 하루에 9시간가량을 수면한다.

예전 직장생활을 할 때와 비교하면 2~3시간 가량을 더 잔다. 잠자는 시간이 늘어난만큼 내 하루는 짧아진다. 하지만 그래야 하루를 온전히 피곤하지 않게 보낼 수 있다. 이건 어쩔 수 없는 나의 운명이 됐다.

마지막까지 건강하게 마무리했으면...

몸이 피곤하면 몸에 이상증세가 많이 나타난다. 만성적으로 앓고 있던 치질이 대표적이고 몸 여기저기에 나타나는 염증성 종기가 바로 그것이다. 올해는 벌써 몸에 칼을 세 번이나 댔다. 왼쪽 눈썹 위에 큰 종기가 나서 약으로 치료가 안 돼 결국 고름을 빼기 위해 째야 했다. 그리고 얼마 지나지 않아 수년 째 안좋아졌다 괜찮아졌다를 반복하던 치질 때문에 수술을 받았다.

20대 후반쯤부터 가끔 술 마신 다음날 화장실을 가면 변기가 빨갛게 물들 정도로 혈변이 나오곤 했다. 그리고 다음 날이면 괜찮아졌다. 가끔 항문이 심하게 부어 욱신거리면 좌욕하면 괜찮아지고는 했다. 10년을 넘게 사무실에 앉아 일하는 직장을 다니다보니 치질은 내 일부가 됐다.

그렇게 오랜 시간 잘 관리하며 살아온 치질이 결국 올해 터졌다. 병원을 안 가고는 못 배길 정도로 심하게 부어 병원에 갔더니 치핵뿐 아니라 치루도 있어서 수술이 불가피 하다는 얘기를 들었다. 그 덕에 치핵 수술과 치루 수술을 국소마취를 통해 2번에 나눠 수술과 회복을 반복했고 올 들어

2달을 꼬박 치질 치료에 시간을 썼다.

그러고 나서 정신차려 보니 이제 잊고 있던 갑상선암 완치까지 1달하고 보름이 남았다. 9월말 마지막 혈액 검사에서도 이상 소견이 발견되지 않으면 나는 10월 3일부로 특례적용이 끝나고 완치 판정을 받게 된다. 이제 '암 보험'도 가입할 수 있다. '완치'라는 말을 잊고 살았던 지난 5년, 돌이켜보니 고생 많았다. 그런 나에게 수고했다는 말을 할 수 있도록 마지막까지 건강했으면 좋겠다. 이제 한달 보름뒤 쓰게 될 나의 이 긴 연재글도 아름답게 마무리 할 수 있기를 바라본다.

찌르고 또 찔러도 주사가 싫었는데...

2018년 추석 연휴가 지났다. 지금으로부터 5년 전인 2013년 추석연휴에 나는 밀양에서 캠핑을 했다. 지금은 사라져버린 밀양 표충사 국민야영장에서 추석 보름달을 바라보며 '제발 검사 결과가 암이 아니기를' 빌었다. 하지만 애석하게도 보름달은 내 소원을 들어주지 않았다.

그렇게 나는 '암 환자'가 됐다. 몇 번의 검사 끝에 내가 암에 걸렸다는 것이 확실해지는 순간부터, 모든 치료과정은 잠시 쉴 틈도 없이 일사천리로 진행됐다. 이제 갓 서른을 넘긴 내가 혼자서 감당하기에는 너무나 큰 정신적인 충격을 받아들일 겨를도 없이 나는 살기 위해 암과 전쟁을 해야 했다.

그렇게 갑작스럽게 시작된 내 투병생활은 순식간에 내 인생을 송두리째 흔들어 버렸다. 그리고 나는 그렇게 국가에서 지정한 '중증환자'가 됐다. 수술하고 방사성 요오드 치료를 받으며 독방에 갇혀 새해를 맞이해야만 했던 그 시간들이 이제는 세월 속에 묻혀 아련한 기억이 되어버렸다. 그로부터 벌써 5년의 시간이 흘렀다.

추석 연휴 다음날인 27일, 아침 일찍부터 병원 진료가 예약돼 있었다. 지난 1월에 마지막 초음파 검사를 받고 9개월 만이다. 10/4일이면 내가 암 선고를 받고 '중증환자'로 등록된 지 만5년이 된다. 그 전에 마지막 혈액 검사를 통해 암의 재발 여부를 확인했다.

매번 병원에 올 때마다 채혈을 한다. 팔에는 하도 바늘을 찔러대서 다음번에 다시 구 구멍에 바늘을 꽂으면 될 정도다. 채혈은 흔히 하는 행위인데도 나는 그 주삿바늘이 적응 안 된다. 게다가 올해는 치핵과 치루 수술을 2차례나 더 하면서 2달이 넘는 시간동안 거의 매일 같이 항생제 주사를 맞아야 했기에 더욱 주삿바늘이 싫었다.

9개월 만에 왔는데도 병원은 이제 내 집 안방같이 익숙하다. 몇 달 만에 병원에 오면 가끔 병원 구조가 바뀌기도 했는데 이번에는 아무것도 바뀐 것이 없었다. 오전 8시 30분에서 9시 사이에 진료가 예약돼 있었는데 저녁형 인간으로 살다가 아침 일찍부터 병원 가려고 일어났더니 늦잠을 자는 바람에 9시가 조금 넘어서야 병원에 도착했다.

익숙하게 본관 3층에 있는 채혈실로 향한다. 역시나 채혈실에는 사람들이 엄청 붐빈다. 모든 과에서 다 이용하는 채혈실이다 보니 병원에 오는 사람들이라면 대부분 이 채혈실은 거쳐 가는 곳이다. 채혈실에는 종일 앉아서 재혈만 하는 분들이 5명이 넘고 거의 30초에 1명꼴로 채혈이 되는데도 기다리는 사람들은 끝이 없었다. '참 세상에 아픈 사람들 많다'는 생각이 들었다.

채혈을 하고 별관 5층에 있는 〈갑상선·유방암센터〉로 갔다. 9개월 전에 받은 예약 접수증을 간호사분께 보여드리고 순서를 기다렸다. 채혈 후 결과가 나오는 데까지는 1시간 30분가량 걸리기 때문에 잠시 나갔다 오겠다며 병원 올 때마다 들르는 병원 앞 커피전문점에 갔다.

오랜만에 아침형 인간으로 일찍 일어나서 움직였더니 배가 고팠다. 달달한 커피 한잔으로 허기를 달래고 다시 병원으로 들어가니 기가 막히게도 바로 내 이름이 불렸다. 정말 10초에 오차도 없이 정확한 타이밍으로 병원에 들어간 것이다. 이제는 병원 진료 순서 기다리는 것도 '도'가 텄다.

9개월 만에 나를 집도 해준 교수님을 만났다. 교수님은 항상 나를 볼 때마다 '얼굴 좋아졌다','피부 좋아졌다' 와 같은 덕담을 해주신다. 역시나 이번에 만났을 때도 잊지 않고 덕담을 해주시며 기분을 좋게 만들어 주셨다. 그리고 이내 교수님의 PC 모니터에는 내 진료기록과 함께 혈액 검사 결과표가 띄워졌다.

"약을 아주 잘 드시나봐요? 재발 수치는 거의 제로에 가깝습니다."

재발의 위험도를 나타내는 항목의 수치는 여전히 제로가 가까운 수치가 나왔다. 그 외에 평상시 컨디션을 위해 조절하는 갑성선 호르몬 수치 또한 정상범위 내로 지난번과 크게 다르지 않았다. 5년이 지나면 암 재발의 위험성이 크게 떨어진다고 하셨다. 그래서 '중증환자'가 5년 동안 유지된다. 물론 5년이 지나서 재발하는 케이스도 있긴 하지만 그 위험성이 5년 이내와는 확연히 차이가 난다.

기뻤다. 드디어 길고 긴 터널을 지나 빛을 만난 것 같은 기분이었다. 이제 앞으로는 1년에 한 번씩 병원에 와서 1년치 약을 받아가고 2년에 한 번씩만 초음파 검사를 통해 재발 여부를 관리하자고 하셨다. 그리고 이제는 꼭 집에서 먼 이 대학병원까지 오지 않아도 되니 필요하면 집 가까운 병원을 가도 된다고 하셨다. 하지만 나는 '계속해서 여기서 관리를 받겠다'고 했다.

'그동안 정말 감사드립니다' 진료실을 나오며 교수님께 다시 한번 인사를 드렸다. 나는 갑상선 유두암의 크기도 3cm로 큰 편이었고 림프절로 전이도 된 상태였는데 수술도 한 번에, 방사성 요오드 치료도 한 번에 치료를 마칠 수 있었다. 여러 번 수술하고 여러 번 방사성 요오드 치료를 받는 분들과 비교하면 정말 행운이다.

완치하고 나니 병원비가 50배 넘게 뛰었다

진료 받고 병원비를 계산하려고 자동화기기 앞에 서서 환자코드를 입력했다. 평소 같으면 진료 내역이 뜨고 카드 결제하면 처방전과 영수증이 출력되는데 오늘은 오류가 뜨면서 유인 수납처에서 진료비를 계산해야 했다. 수납을 하기 위해 번호표를 뽑았는데 앞에 대기자가 40명이 넘었다. 한참을 기다려 수납을 하기 위해 수납하시는 분과 대화를 했는데 '중증환자' 혜택이 종료되기 때문에 안내차 유인 수납 창구에서 수납을 해야 한다고 했다.

오늘 진료에서 내가 지불한 금액은 혈액 검사비까지 모두 포함해서 1100원이다. 하지만 이제 중증환자 혜택이 끝나고 다음번 진료에서는 혈액 검사하는 비용이 5만 원이 넘게 청구된다고 했다. 대학병원의 검사비와 진료비는 엄청 비싼데 나는 지금까지 '중증환자' 혜택을 받아 공짜 수준의 비용으로 병원에 다녔다.

5년이 지나 완치가 돼서 좋긴 한데 늘어난 병원비는 부담스러웠다. 어차피 나는 이제 앞으로도 계속해서 진료를 받고 약을 먹으며 살아야 하는데 특례 혜택이 끝나 늘어난 병원비는 계속해서 지출돼야 하기 때문이다. 완치돼서 기분은 좋았지만 또 하나의 작은 걱정이 생기긴 했다.

병원 앞 약국에서 2100원에 1년치 약을 받았다. 이제 다음부터는 이 약값도 얼마나 오를지 모른다. 그렇게 언제나처럼 병원으로 '약 쇼핑' 온 듯이 한 손엔 약이 가득 담긴 비닐 봉지를 들고 집으로 돌아왔다. 그렇게 나는 지난 5년 동안 나를 괴롭히던 갑상선암과 이별했다. 그리고 이제 중증 환자가 아닌 일반인이 됐다.

그동안 내 인생은 참으로 다이나믹하게 바뀌었다. 직업도 바뀌었고 인생의 가치관도 달라졌으며 행복의 기준 또한 달라졌다. 작은 것에 감사할 줄 알게 됐고 나 스스로를 소중하게 생각하는 마음도 생겼다. 이 모든 것이 어느날 나에게 갑자기 찾아온 암이라는 녀석 때문이었다. 이 녀석은 나를 엄청 괴롭히고 힘들게 했지만 진정한 나를 찾게 해준 동기가 되어주기도 했다.

이제 나는 더 재미나게 열심히 살아보려 한다. 나의 소중한 사람들과 아름다운 세상을 충분히 즐기며 살아 있음에 감사하며 또 힘차게 발걸음을 내 딛어본다.

에필로그

암~ 난 행복하지!

2013년 10월, 갑상선암 진단을 받고 수술을 받았다. 그리고 어느새 시간은 흘러 완치 판정을 받았다. 이 글을 쓰고 있는 지금은 2020년 2월이다. 암 진단을 받은 후 6년이 넘게 흘렀다. 참 시간 빠르다.

지금 대한민국은 신종 코로나 바이러스로 인해 시끄럽다. 전염병이 도는 바람에 사람들은 외출도 꺼려하고 집에 틀어박혀 시간을 보내고 있다. 어제는 우유 한통을 사러 동네 마트에 갔더니 카트 가득 식자재를 채워 사재기를 하려는 사람들로 가득했다.

이렇듯 세상은 계속해서 새로운 무언가가 나오고 있고 쉴새 없이 변하고 있다. 지난 시간을 돌이켜 보면 나도 참 많이 변했다. 특히 암 투병 이전과 이후를 비교하자면 내 인생은 완전히 180도 달라졌다.

직장인이던 나는 현재 1인기업가가 되었다. 1인기업가란 직원 없이 혼자서 회사를 운영하는 것이다. 말이 회사 운영이지 그냥 프리랜서와 마찬가지라고 보면 된다. 여기저기서 일을 받아서 진행 하다보면 '세금계산서' 발행이 필요한 경우가 있기 때문에 '사업자'로 등록하게 되면서 '1인기업가'가 되었다.

어딘가에 소속되지 않고 혼자 무언가를 해서 돈을 벌기란 쉬운일이 아니다. 2015년 이 맘때쯤 회사를 나왔다. 이제 나는 더 이상 직장생활은 하지 않을거라는 다짐과 함께였다. 그 다짐을 아직은 지키고 있지만 하루 하루의 삶은 그리 녹록치만은 않았다.

회사를 나올 때 1가지 아이템을 만들고 그 아이템으로 발생하는 수입이 직장에서 받던 월급은 반의 반도 되지 않았다. 하지만 나는 더 이상 회사에 내 소중한 시간을 쓰고 싶지 않았다. 열아홉 어린 나이 때부터 장장 15년 가량을 직장에 다니면서 일 이외에 모든 것은 다 '뒷전'이었다. 그렇게 시간이 지나고 보니 나는 '일' 말고는 좋아하는 것도, 잘하는 것도 없는 사람이 되어 있었다.

30대 중반의 나이에 갑자기 회사를 그만둔다는 말에 어머니는 걱정을 많이 하셨다. 늦둥이 막내 아들 굶어 죽기라도 할 줄 아셨던 모양이다. 그로부터 5년이 지난 지금, 어머니는 지금의 내 삶을 더욱 만족하고 계신다. 직장 다닐 때 같은 집에 살아도 얼굴 제대로 볼 시간도 없던 아들과 계절마다 여행도 다니고 하루 중, 오랜 시간을 함께 보낼 수도 있기 때문이다.

회사를 나온지 5년이 된 나의 명함은 대략 10가지가 된다. 회사를 그만둘 때 가지고 있던 아이템 하나로는 큰 수익을 만들어 낼 수 없어서 남는 시간을 활용해 할 수 있는 다른 일들을 2개, 3개 늘려 나갔다. 그러다보니 가진 명함의 개수도 자연스럽게 늘어갔다. 이렇게 다양한 일을 하고 있지만 직장 다닐 때보다 시간적 여유는 훨씬 많다.

'월급'이라고 하는 수익 파이프 1개뿐이던 나에게 월급처럼 많진 않지만 여러 개의 수익 '파이프'가 생겼다. 그 수익들을 합치면 직장에서 받던 월급을 훌쩍 넘을 때도 있다. 그리고 몇 개의 파이프에서 수익이 나지 않더라도 월 수입이 0원이 되는 리스크는 훨씬 적어졌다. 월급 하나에만 기대던 때보다 더 안정적이 되었다.

공업 고등학교를 나와 직장생활을 하며 사이버 대학에 진학해 공대를 나왔다. 하지만 내가 지금 하고 있는 일은 전공과는 전혀 관계가 없는 문화예술, 콘텐츠 관련 분야의 일을 하고 있다. 그리고 이렇게 글을 쓰고 있기도 하다.

이런 변화를 가능하게 했던 건 바로 내가 겪었던 병 때문이다. '죽음'이라는 두려움 앞에서 새로운 '용기'가 생겼고 행복해지고 싶다는 '희망'이 생겨났다. 그리고 내가 경험한 것들을 여러 사람들과 나누고 싶다는 생각에 글을 쓰기 시작했고 그 때부터 나에겐 마법처럼 생각치도 못한 기회들이 생겼다.

최근에도 가끔, 예전에 함께 일하던 직장 동료들을 만난다. 그 들을 만나 이야기를 나누다보면 그 시절 내 모습이 어렴풋이 생각난다. 나누는 대화들 속엔 '긍정'보다 '부정'이 많고 매사에 다른 사람, 다른 이유들을 대며 '핑계'대기 바쁜… 전형적인 직장인의 모습이다.

하나도 행복할 것 없는 모습들, 자유로운 나를 부러워하지만 절대로 '저지를 용기' 없는 사람들. 나도 특별한 것 없는 평범한 사람인데 누구나 이런 삶을 살 수 있다고 말해도 듣지 않는 사람들이다. 이해는 한다. 그들에겐 내가 겪은 병처럼 확실한 '동기'가 아직 없기 때문이다.

다들 머릿속으로는 안다. 언제 죽을지 모르는 인생인데 '행복하게' 살아야 한다고. 하지만 많은 사람들은 불확실한 미래를 걱정하며 오늘을 '불행하게' 살아간다. 그러지 말았으면 좋겠다. 누군가 당신에게 '행복하세요?'라고 묻는다면 자신있게 '암~ 난 행복하지!'라는 대답을 할 수 있도록 오늘을 살았으면 좋겠다. 내 주변에 있는 소중한 것들은 영원하지 않다. 지금의 인내가 내 주변의 소중한 사람들을 지키기 위해 하는 것일 수도 있지만 그 소중한 사람들에게 진짜로 필요한 것이 내가 생각하는 인내와는 다른 것일수도 있다. 시간은 지나면 되돌릴 수 없다.

내가 해보니까 그렇다. 사람은 절대로 쉽게 굶어 죽지 않는다. 모든 것은 자신의 의지에 달려있다. 어떤 인생을 살 것인가는 자신이 선택하는 것이고 어떤 선택을 하던 간에 모든 사람은 '행복해질 권리'가 있다.

나는 이 책을 읽는 모든 사람들이 '행복한 선택'을 했으면 좋겠다. 그리고 그 선택이 설사 후회스럽고 잘못된 선택이었다 할지라도 좌절하거나 실망하지 않으면 좋겠다. 그 것을 깨달았을 때 또 다른 선택의 기회가 우리에게 주어질 테니까.

그리고 이제 막 갑상선암 투병을 시작했거나 힘든 시간을 보내는 사람이 있다면, 너무나 뻔한 얘기지만 '시간이 약'이라는 말을 해드리고 싶다. 나도 그 시간이 절대로 끝나지 않을 것 같았다. 하지만 내 인생이 조금씩 변화하는 사이에 나는 '완치'가 되어 있었다. 모든 것의 해결책은 '긍정적인 마인드'라고 생각한다.

여러분들도 꼭 '완치'가 되어 누군가에게 '암~ 난 행복하지!'라고 대답할 수 있는 사람들이 되길 바란다.